안녕하새오,

앵무새

치즈애오

글·사진 권윤택 김준영 그림 진영

안녕하새오, 앵무새 치즈애오

harmonybook

프롤로그 |

나의 미래 팬들에게...

안녕 독자 여러분.

맨날 알곡만 먹고 집안을 거닐다가 이렇게 책으로 독자들과 마주하려니 초큼 어색하네요. 어색어색! 짹짹!

어색함을 깨는 차원(전문 용어로 '아이스 브레이크'라고도 하죠)에서 간단한 문제를 하나 내보겠습니다.

국내에서 반려동물을 가족의 일원으로 받아들인 사람 중에서도 1% 만 키운다는 동물이 무엇인지 알고 계시나요? 뱀? 거북이? 전갈? 이구아나? 새우? 금붕어? 돼지? 어렵나요? 이거 진짜 비밀인데 여러분들께만 살짜쿵 공개할게요.

정답은… 바로 저예요. 짹짹! 놀라셨죠?

오죽하면 인터넷 서점 검색 창에 '앵무새'를 입력하면 유명한 고전 '앵무새 죽이기(To kill a mockingbird)'가 제일 먼저 검색될 정도라니까요. 앵무새 관련 서적은 스크롤을 한참 내려야 겨우 찾을 수 있을 정도로 아직 저는 사람들의 관심 밖에 있답니다.

그래서 저를 데리고 다니면 '인싸'(인사이더)가 되기 딱 좋아요. 저는 가끔 엄마, 아빠와 집 근처 산책을 하는데, 그때마다 의도하지 않게 인싸가 될 정도로 사람들에게 무척이나 신기한 존재랍니다. 다들 한 번씩 힐끗 쳐다보고 가거나 도대체 무슨 새냐고 물어보는 경우도 많거든요. 저도 사람들 보면 신기한데, 사람들도 저를 보면 신기한가 봐요. 짹짹!

참, 제 소개를 아직 못했네요. 제 이름은 '치즈'입니다. 2018년 12월생으로 만으로는 이제 막 한 살이 조금 지났어요. 이름이 하필 치즈냐고요? 음식 이름으로 이름을 지으면 오래 산다고 엄마, 아빠가 치즈라고 이름을 지어줬는데 정작 엄마, 아빠는 치즈를 썩 좋아하지는 않는다고 하네요. 짹짹! 엄마, 아빠랑 하도 붙어 있고, 온갖 말을 듣다 보니, 어느덧 저 자신도 새라는 사실을 망각할 때가 있어요. 오죽하면 가끔 거울을 보면서 놀란다니까요. 거울 안에 새 한 마리가 있어서요.

별명은 시방'새'에요. 어렸을 때는 저를 귀여워해서 부르는 일종의 애칭이라고 생각하고 마냥 좋아했던 기억이 있어요. 그런데 어느 날 이 단어의 뜻을 알고 나서 '헐….' 했답니다. 지금도 그때만 생각하면 자다가도 손으로… 아니 발로 이불을 걷어찰 정도입니다. 가끔 아빠 목덜미 뒤를 물어뜯고, 엄마, 아빠 잘 때 얼굴 위에 뿌직하고, 엄마가 요리할 때 옆에서 방해할 때가 있긴 하지만 그렇다고 시방'새'라는 별명은 좀 너무하다는 생각이 들지 않나요? (물론 엄마, 아빠는 절.대. 욕의 뜻으로 부르는 건 아니라고 하지만요.)

음… 그리고 제가 가장 좋아하는 음식은 호박씨랑 사과에요. 사실 과일은 다 좋아하는데 말린 과일보다는 생과일을 훨씬 더 좋아해요. 사람이나 새나 건강에는 역시 생식이 최고입니다. 뒤에서 본격적으로 제 이야기를 할 거라서 소개는 딱 이 정도로만 하려고 해요.

그러면 제 이야기보다도 일단 이 책에 대한 소개를 먼저 드릴까 합니다. 참고로 사람들이 하는 말을 따라 하는 것이 주특기이지만 실제로도 말이 참 많아서 서론이 항상 길어요. 짹짹!

물론 이 책을 통해 저 같은 앵무새의 존재를 널리 알리고 싶은 마음이 가장 크죠. 보통 치명적인 매력을 가지고 있는 사람… 아니 새가 아니니까요. 아울러, 남녀노소 구분 없이 학업에 지치고, 일에 치인 사람들에게 소소한 행복을 드리고 싶은 마음이 컸습니다.

그리고 이 부분은 좀 진지한 이야기인데(잠깐만 진지해져도 괜찮죠?) 이 책을 통해서 앵무새가 반려동물로 인정받았으면 하는 바람이 있습니다. 아직 공식적으로는 인정을 받은 상태가 아니기 때문에 외부 위험에 그대로 노출되는 상황이 종종 발생하기 때문이죠. 개나 고양이를 학대하는 사람은 처벌을 받지만, 앵무새는 학대하더라도 처벌에서 자유로운 것이 현실이거든요. 안타깝지 않나요?

이 책을 통해 저 같은 앵무새의 치명적인 매력이 널리 알려지고, 먼 미래가 될 수도 있지만, 앵무새가 반려동물로 인정받을 수 있도록 작게나마 힘을 보태고 싶습니다. 아, 그리고 한 가지 더! 아직까진 새를 무서워하시는 분들이 더러 있더라고요. 저를 알게 되시면 이제 더는 새가 무섭지 않을 거예요.

여러분들, 이제 제 매력에 빠져들 준비가 되셨나요?
준비됐으면 다음 장으로 고고씽…! 짹짹!

김치즈,
새장 위에서 호박씨를 까먹으며.

추천의 글

생명이라는 것은 늘 사람을 배우게 한다. 어쩌면 그냥 지나치고 아무 의미도 부여하지 않았을 존재가 내게로 와 삶의 큰 부분을 공유하는 존재가 된다. 개, 고양이뿐만 아니라 다양한 종의 동물들을 만나며 각각의 동물들을 바라보는 보호자분들의 생각을 들어보면 지금까지의 내 기준보다 더욱 그들을 존중하고 생명의 가치를 부여하는 경우를 자주 목격한다.

사람이 중심으로 살아가는 세상에서 다른 종의 동물에게 나의 감정을 공유하고 함께 의지하며 살아가는 것은 우리의 삶을 더욱 풍요롭게 할 수 있다고 믿는다. 온 정성을 들여 앵무새와 삶을 공유하려는 저자분들의 모습은 우리가 개나 고양이 같은 친숙한 반려동물을 키우는 모습과 어쩌면 아이를 키우는 모습과 크게 다르지 않아 보인다. 우리와 다른 모습을 하고 정확한 의사소통이 되지 않는 생명과 모든 감각을 열어 공감하려고 다가가는 모습에 생명은 그 껍데기의 가치가 아닌 그 자체만으로 존중받아야 하고 소중하다는 것을 깨닫는다.

- 오석헌(수의사)

* 현재 '오석헌 동물병원' 원장으로 있는 오석헌 수의사는 주로 페럿, 앵무새, 토끼 등과 같은 소형 특수동물을 진료한다. 과거 에버랜드 동물원 선임 수의사로 오랜 기간 근무하기도 했던 그는 국내에서 보기 드문 특수동물 전문 수의사로 묵묵히 일하고 있다. 눈빛에서부터 동물을 사랑하는 마음이 고스란히 드러나는 마음 따뜻한 사람이다.

애니멀투게더에서 [반려조 치즈 이야기]를 발행하며 알게 된 권윤택 작가의 신작 『안녕하새오, 앵무새 치즈애오』는 앵무새 치즈를 입양하여 키우는 과정을 담은, 일종의 '육아일기'다. 특이한 점은 반려인이 아닌 반려조 치즈의 시점으로 서술되었다는 것. 앵무새의 입양 방법부터 식생활, 산책 방법, 언어구사 능력 등 앵무새 키우기에 필요한 내용이 빠짐없이 담겨있다. (사내아이로 의인화된 것이 분명해 보이는) 앵무새 치즈가 조잘조잘 떠드는 것과 같은 느낌의 문체는 부담 없이 술술 읽힌다.

반려견을 키우는 입장에서는 반려조를 키우는 행위가 개나 고양이 키우기와 무엇이 비슷하고 다른지 비교해보며 읽을 수 있어 꽤 흥미로웠다. 조금 색다른 반려동물을 키우고 싶거나 평소 새에 관심이 있는 분들이라면 『안녕하새오, 앵무새 치즈애오』가 충분히 쉽고 재미도 있는 유익한 입문서가 될 수 있겠다.

- 황현하(뉴스사이트 발행인)

* 현재 반려동물 전문 인터넷뉴스사이트 '애니멀투게더'를 운영하고 있다.
반려동물 가족들에게 보다 유익하고, 재미있는 정보를 전달하려고 노력 중이다.

목차

| 치즈 소개

뭐 갈 때 가더라도, 소개 하나 정도는 괜찮잖아?

정식 명칭	Monk Parrot('퀘이커 앵무새'로 알려짐)
본명	김치즈
출생 년도	2018.12
크기	25~30cm
평균 수명	20~30년(생각보다 오래 살죠?)
고향	중남미 어딘가
취미	무엇이든 물어뜯기, 엄마, 아빠 코 쑤시기 및 얼굴에 뿌직하기, 노래 부르기, 정체불명의 주문 외우기
좋아하는 음식	구황작물(단호박, 옥수수, 고구마)과 견과류(아몬드, 브라질너트, 호박씨) 및 과일(바나나, 사과) 등
특기	말하기(뿌꾸빠, 까꿍, 안녕과 같은 말은 사람처럼 구사함)
별명	시방'새'(집안 전체를 휘젓고 다녀서 '시방새'라는 말이 절로 튀어나옴)
특이사항	본인을 사람이라고 생각하는 경향이 있어서 사람을 엄청 좋아하는 반면, 새를 무진장 싫어함

나의 매력 포인트

치명적인 뒤태와 더불어 5,000년 전 실크로드를 지나던 상인도
울고 갈 정도의 비단을 몸에 지니고 다니는 나

아무리 맛있는 음식이라도 먹기 전에
일용한 양식을 제공해 준 엄마, 아빠를
생각하는 갸륵한 효심의 소유자

아몬드를 흡입할 때는 장소 불문,
그 누구도 건드리지 못하게 할
정도의 비장함을 갖춘 조(鳥)

우수에 젖은 눈빛,
고뇌에 찬 눈빛만큼은
누구도 따라올 수 없조(鳥)

특전사를 방불케 하는 알곡 침투 작전.
다시 어떻게 빠져나오냐고요?
그런 거 생각 안 해요.

방 탈출 게임 : 미션 클리어

역시 사진은
각도발이조(鳥)
(앵스타그램용 사진)

배 나온 거 아니에요.
귀여운 거예요.
- 치즈 펭귄설 (배는 곰돌이 푸우설)

부끄러우니 이제 그만
찍으시조(鳥)?

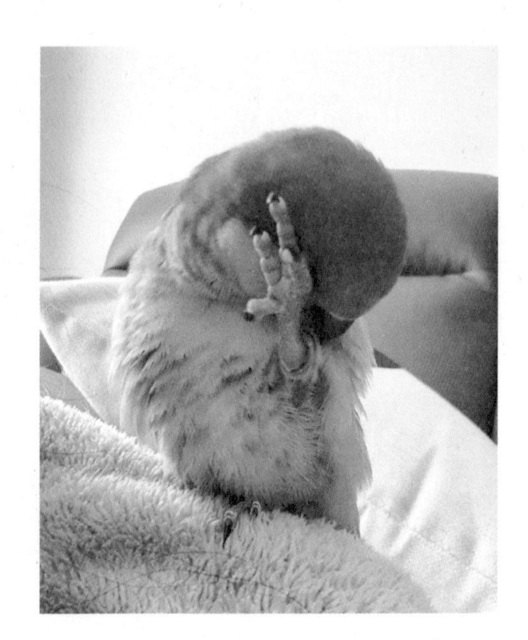

TV 시청하는 새 못 보셨조(鳥)?

반사판에 비친 자신의 모습을 보며 나르시시즘에 빠진 새 봤나요?

그런 새가 여기 있답니다. (브이)

예쁘조(鳥)? 제가 바로 앵무새 '치즈'입니다.

| 앵무새 수칙

본론으로 들어가기 전에 애조인들 사이에서 꽤 유명한 앵무새 수칙을 하나 소개해드리려고 합니다. 〈A Bird's Rules〉 또는 〈A Parrot Rules〉로 불리는 이 수칙은 제목이 말해주듯 외국에서 유래된 것으로 파악됩니다. 보이는 글마다 온통 영어로 되어 있으니까요. 저 같은 앵무새를 오래 키우신 분들이라면 누구나 한 번쯤 들어봤을 가능성이 크고, 보고 한 번쯤 피식한 경험이 있으리라 생각될 정도로 국내외에서 널리 알려져 있습니다.

솔직히 저도 이 수칙이 단순히 우스갯소리로 만들어진 것인지, 아니면 실제로 공신력 있는 단체 혹은 개인이 실험을 통해 도출한 것인지는 확인하기 어려웠습니다. 심지어 〈A Bird's Rules〉와 〈A Parrot Rules〉 중에 어느 것이 정식 명칭인지도 확인할 수 없었습니다. 당연한 말이죠. 저는 인터넷을 할 줄 모르니까요. 여하튼, 애조인 대다수가 공감하는 것을 보면 단순히 유머를 위해서 만들어진 것은 아니라는 게 제 의견입니다. 솔직히 앵무새 당사자인 제가 봐도 반박하기 어려웠습니다. 마치 제가 쓴 것 같았다니까요?

그렇다면, 본격적으로 앵무새 수칙이 과연 무엇인지 살펴보도록 하겠습니다.

〈앵무새 수칙〉의 우리말 버전

1. 내가 좋아하는 것이 있다면, 그것은 내 거다.

2. 내 손에 닿는 것이 있다면, 그것은 내 거다.

3. 내 부리 안에 있는 것은 내 거다.

4. 내가 당신에게서 뺏어올 수 있다면, 그것은 내 거다.

5. 내가 조금 전까지 가지고 있었다면, 그것은 내 거다.

6. 내 거는 절대 당신 것이 될 수 없다.

7. 내가 씹고 있는 게 있다면, 마지막 조각까지 다 내 거다.

8. 내 것처럼 보이는 것이 있다면, 그것은 내 거다.

9. 내가 먼저 본 것이 있다면, 그것은 내 거다.

10. 당신이 가지고 있던 것을 바닥에 내려놓는다면, 그것은 자연스레 내 것이 된다.

번역 : 치즈 아빠

이 수칙을 처음 작성한 사람이 누구인지는 알 수 없으나, 관찰력이 뛰어난 누군가가 작성했다는 것만큼은 확실하다고 생각합니다. 제가 실제로 이렇거든요. 이 책의 마지막 장을 읽고 난 후면, 앵무새 수칙을 떠올리며 피식하는 여러분 자신을 발견하게 되실 거라 확신합니다.

1화

짹짹! 내 얘기를 들어봐!

너는 민들레 홀씨처럼 날아와

어느새 내 마음속에 안착해버렸다

"짹~ 짹~ 짹~"

나는 작은 새다.

언제, 어디에서 태어났는지, 부모님이 누구인지도 모른다.

어느 날 눈을 떠보니 나와 비슷한 새들, 나보다 훨씬 큰 새들, 나보다 훨씬 작은 새들과 공간을 공유하고 있었다. 나는 이제 털이 조금씩 나기 시작했는데, 이미 화려한 털이 다 자란 새도 있고, 내 몸집의 수십 배 크기의 새도 있다. 얌전한 새도 있지만, 꽤애~액 괴성을 지르는 새도 있었다. 얼핏 봐도 다양성이 공존하는 하나의 작은 사회였다.

내가 봐도 나는 참 보잘것없어 보인다. 언제 태어났는지는 모르겠지만 아직 내 몸에는 털도 별로 없고 날개를 퍼덕일 힘조차 별로 없는 것을 보니 엄마 뱃속에서 나온 지 얼마 안 된 것만은 확실하다. 그래서인지 나를 둘러싸고 있는 새장조차 아직은 거대해 보인다.

그런데 문득 내 고향이 궁금해졌다.

'나는 대체 어디에서 온 거지? 나를 낳아주신 부모님은 어떤 분들일까?'

온종일 새장 속에만 갇혀 있다 보니 심심하기도 했고, 갖가지 생각이 머릿속에 떠올랐다.

'그래, 친구를 만들면 되겠다.' 혼잣말로 중얼거렸다.

그러던 와중에 마침 같은 새장 안에서 친해진 친구랑 이야기할 기회가 생겼다. 이 친구는 파란색 털이 자라 있었고, 잘 날지는 못해도 제법 날

내 고향은 아르헨티나…가 아니고 경기도 부천 버드샵임

갯짓도 잘했다. 행동에 성숙함이 묻어났다.

친구 이름은 '뿌꾸'라고 했다.

"안녕, 난 뿌꾸라고 해. 네 이름은 뭐야?"

"넌 벌써 이름도 있어? 글쎄. 난 아직 내 이름조차 모르고 있어. 그런데 우리 지금 어디 있는 거야? 이름은 내가 그냥 붙이면 되는 거야?"

"아직 모르는 게 많구나? 이름은 누군가가 만들어서 불러줘야지. 곧 있으면 너도 자연스레 이름을 갖게 될 거야. 참, 그리고 여기는 집사를 기다리는 새들이 모두 모여 있는 곳이야, 너도 그렇고, 나도 그렇고 결국 이곳을 떠나 어디엔가로 가게 될 거야. 기대되지 않니?"

"난 아직 모르는 게 많아서 그냥 걱정도 되고, 설레기도 하고 그래."

"인생 별거 없더라고, 그냥 물 흐르듯이 운명에 맡기면 좋은 집사를 찾아서 가게 될 거야. 시간문제일 뿐, 결국 제 갈 길을 찾아서 가더라고. 너나 나도 예외는 아니고."

이야기를 해보니 이 친구는 나보다 한 달 빨리 태어났다더라. 확실히 한 달 차이라고 뭔가 다른 부분이 있었다. 그래서인지 지적 수준도 높고 세상 물정에도 훨씬 더 밝아 보였다.

나는 근육이 발달하지 않아서 날개짓조차 펼치기 어렵고 걸어 다니는 것도 힘든데, 이 친구는 새장 속을 자유자재로 누빈다.

대.다.나.다. 정말.

뿌꾸는 우리의 고향이 중남미라고 알려줬다.

"중남미가 어디야?"

"사실 중남미가 어디 붙어 있는지는 전혀 몰라. 나도 지나가는 말로 들었거든. 확실한 것은 여기서 무진장 멀다는 거야. 우리가 다 자라서 하늘을 훨훨 날게 되는 날이 오더라도 스스로는 절대 갈 수 없는 거리라는 것만은 확실해."

"뿌꾸야, 너 진짜 대단하다. 나름 인생 선배라고 참 아는 것이 많구나."

"걱정하지 마! 친구야, 너도 나 정도 되면 다 알게 될 거야."

뿌꾸는 우리가 중남미 중에서도 아르헨티나에서 왔을 가능성이 크다고 했다. 아르헨티나가 어디 붙어 있는 지역인지 당최 알 길이 없으나 어쨌든 난 그곳에서 왔다고 한다.

그 친구는 우리가 퀘이커(Quaker)라고도 불리는 몽크 앵무새(monk parrot)라는 사실도 살짝 귀띔해 줬다.

"우리 같은 퀘이커는 평균 수명이 20년 정도 된대. 우리보다 훨씬 오래 사는 앵무새들도 많지만, 그래도 우리 정도면 꽤 장수하는 편이더라고."

"뿌꾸야, 20년이면 대체 얼마나 긴 시간이야? 난 하루도 길다고 생각하는데…."

"'하루'가 365번 반복되면 1년이라고 하는데, 거기에 20을 곱한 만큼이 바로 20년이라는 시간이야."

"헉…. 그렇구나, 너랑 이야기하다 보면 나는 아직 세상의 이치를 이해하기에는 무리가 있다는 것을 깨닫게 되는 거 같아. 이래서 앵이들도 배워야 하나 봐. 시간이 지나면 차차 알게 되겠지 뭐."

"별거 없어, 너도 곧 이해하게 될 거야."

수준 높은 대화가 이어졌다.

'뿌꾸는 대체 이런 것들을 어떻게 알게 된 거지? 한 달 차이가 이렇게 크구나. 난 아직 아무것도 모르는데….' 혼잣말로 중얼거렸다.

그렇다.

나는 퀘이커라고 불리는 '앵무새'다. 주로 중남미 등지에서 서식하며

아직 모르는 건 많아도
내게는 '애교'가 있지!

성조의 크기가 30cm 남짓 되는 중형조에 속한다. 성격이 활발하고 노래 부르는 것을 좋아하는데 때로는 큰 소음을 유발해서 '앵'집사들을 힘들게 할 때도 있다고 한다.

하지만 궁금증은 여전히 나를 괴롭혔다. 중남미? 아르헨티나? 퀘이커? 그게 뭐지? 어쨌든 내 고향이 중남미라는 것과 내가 퀘이커 종에 속하는 앵무새라는 것을 알았으니까 일단 그것만으로도 큰 수확이다. 그러고 보니 친구이자 좋은 인생 선배 뿌꾸 덕분에 하루 만에 지식을 참 많이 쌓았다.

'이래서 앵무새도 주변 환경이 참 중요하단 말이야. 좋은 집단에 있어야 그만큼 자기 발전도 되는 것이고.'

엄마가 누군지, 아빠가 누군지도 모르고 어디로 가게 될지 전혀 알 길이 없지만, 한 번뿐인 '조생' 열심히 살아가겠다고 다짐한다.

내 삶은 어떻게 흘러갈까?
앞으로 나는 어디로 가게 될까?

cheese

2화

엄마, 아빠와의 첫 대면

고소한 맛과 풍부한 영양소 때문에
많은 사람들에게 사랑받는 치즈처럼

넘치는 개성과 매력으로
누구에게나 환영받는 '치즈'가 되렴

사람과 처음 마주하다

새장 안의 일과는 매우 따분하다. 새장 밖이라고 다를 건 없다. 나랑 비슷하게 생긴 친구들도 모두 갇혀있으니까 말이다. 그런데 가끔 나를 보러 오는 생물체가 있다. 세상 물정에 밝고 나보다 인생 공부를 많이 한 친구 뿌꾸는 그 생물체들을 가리키며 바로 '사람'이라고 했다. 사람? 그게 무엇인지 알 길은 없으나 나와 다르게 생긴 것만은 확실하다는 생각이 들었다.

"사람들은 여기를 왜 오는 거지? 우리 보러 오는 건가?" 나는 뿌꾸한테 물어봤다.

"우리를 데려가고 싶어 하는 사람들이 찾아오는 거야. 전문 용어로 '분양'이라고 하지."

"우와, 너 어휘 구사 능력이 정말 대단하다."

"그냥 얻어지는 것은 없어, 노력의 결과지."

반복 학습의 힘이랄까? 어느 순간부터 사람들이 내 눈에 들어오기 시작했다. 그들은 종종 찾아와 옆에 있는 새장의 새를 들었다 놨다 했다. 뿌꾸한테 관심을 보이는 사람들도 있었지만, 나한테 관심을 가지는 사람은 없는 듯했다.

"내가 별로인가? 나 날갯짓 제대로 하면 정말 귀여운데…."

그러던 어느 날, 나도 어떤 사람들과 처음 마주하게 되었다. 한 사람은 머리털이 길고, 다른 한 사람은 머리털이 짧았다. 그들은 나를 새장 밖으로 꺼냈다.

"어머! 어떡해~ 이 새 좀 봐, 날개 퍼덕퍼덕거리는 것 좀 봐봐. 아직 털도 다 자라지 않은 거 보니 태어난 지 얼마 안 됐나 보네."
"그러게, 정말 귀엽다. 우리, 얘 데리고 갈까?"

내가 신기한가? 한동안 나를 유심히 보는데, 나는 그런 그들의 모습이 오히려 신기했다.

'나 같은 새 처음 보나?' 혼잣말로 중얼거렸다.

아~ 처음 보니까 그렇게 신기하게 쳐다봤겠지. 아니면 내가 엄청 귀여워서 쳐다봤거나….

"우리 이 아이 데려가자. 그리고 이름은 '치즈'로 짓자. 반려동물의 이름은 원래 음식 이름으로 지어야 장수한다잖아."
"치즈? 귀엽다, 그리고 뭔가 잘 어울려. 이왕이면 체다치즈, 브리치즈, 블루치즈, 피자치즈처럼 있어 보이는 이름으로 짓는 건 어때?"
"웃기다. 그럼 일단 얘는 치즈로 하고, 나중에 둘째 들일 때 체다든 브리든 블루든 치즈랑 어울리게 지을까?"
"그래, 그러자! 사장님, 이 친구로 데려갈게요."

"요 꼬맹이는 아직 이유식을 먹는 친구예요. 데려가셔서 이유 하셔도 되고, 여건이 안 되시면 저희가 치즈 이유식 끊을 때쯤 전화드릴게요. 그때 데려가시는 건 어떠세요?"

"아, 그래요? 아무래도 처음이니까 이유식은 자신이 없어서요. 전화 주시면 다시 올게요. 그럼."

2주 후, 그들은 다시 왔다.

이내 나는 정체 모를 상자 안에 놓였다.

'와~ 무진장 깜깜하네. 어랏, 밖이 보이긴 하네?'

작은 구멍으로 보는 바깥세상은 신기하기만 했다. 그래도 숨은 쉬라고 상자에 구멍은 뚫어주는구나. (나중에 알게 된 사실인데 매일 새장 안에 있던 새의 경우, 갑자기 다른 환경에 노출되면 심리적으로 불안할 수 있어서 일단은 어두운 상자 안에 넣어서 조심히 가져가야 한단다. 물론 상자에 작게 구멍을 뚫는 것은 필수!)

너무 급작스럽게 벌어진 일이라 나는 어안이 벙벙했지만 일단 운명에 맡길 수밖에 없었다. 그리고 이내 상자 안에서 잠이 들었다.

그런데 얼마 가지 못해 잠이 깼다. 깜깜해서 어디로 향하는지 알 길은 없었으나 내가 멀미를 하고 있다는 사실만은 확실했다. 오르막길과 내리막길을 지나, 둔덕을 넘는 게 고스란히 느껴졌다. 밖이 보이지 않으니 발바닥에 신경이 오롯이 집중될 수밖에 없었기에 멀미를 하는 것은 당연한 결과였다.

'나 같이 어린아이를 데리고 이동하려면 운전 좀 얌전히 하지. 성질 하나 참 급하네.'

혼잣말로 중얼거렸다. 그리고 다시 잠이 들었다.

얼마나 시간이 흘렀으려나. 결국, 어딘가에 도착했다는데 도통 알 길이 없었다.

'여기가 어디지? 뿌꾸가 말하던 아르헨티나인가? 내 정신 봐라. 아르헨티나는 우리가 성조가 돼서 평생 날아가도 못 간다고 했지. 그렇다면 여기가 아르헨티나일 수가 없겠네. 그러면 여기는 도대체 어디인 거지?'

두 사람은 나를 작고 어두운 상자 안에서 끄집어냈다.

그동안 주변을 감싸던 상자 대신 흰색 배경의 넓은 공간이 눈앞에 펼쳐

나는 누구?…. 여기는 어디?….

졌다. 분명 조금 전까지 내 옆에 있던 지식조(鳥) 뿌꾸도 없고, 주변에 있던 크고 작은 새들도 온데간데없다. 이곳이 나를 데려온 두 사람이 사는 공간인가? 한동안 고민했고, 드디어 알게 된 사실… 여기가 바로 그들이 사는 집이고, 그들은 바로 나의 엄마, 아빠가 될 사람들이었다.

당연히 좋은 사람들일 거라 믿지만, 태생적으로 앵무새인지라 경계 태세를 늦추지 말아야 했다. 특히, 요즘 세상이 워낙 험악해서 매사 조심하라고 나에게 신신당부를 했던 뿌꾸의 충고도 머릿속을 맴돌았다.

'그래! 처음부터 엄마, 아빠에게 너무 쉽게 다가가지 말아야지.'

그러던 중, 엄마, 아빠가 설치해 준 새장이 눈에 들어왔다. 입이 떡 벌어졌다.

'치솟는 아파트 가격에 결혼도 제때 하지 못하는 사람들이 그렇게 많다고 하는 판국에 '내 집'이 떡하니 마련되어 있다니…. 엄마, 아빠 집도 자기 소유가 아닐 텐데….'

눈물나게 고마웠지만 난 아직 '짹'소리조차 내지 못할 정도로 어려서 이 고마움을 표현할 길이 없었다.

'그래, 고맙다는 인사는 일단 나중에 말문이 트인 다음에 해도 되는 거야. 일단은 망설이는 척을 좀 해야지.'

나는 망설이는 척했다. 경계 차원에서 그랬던 것도 있지만, 솔직하게 말하면 고고한 척, 도도한 척을 좀 해보고 싶기도 했다. 그렇지 않아도 애교가 넘치는 앵이라 앞으로도 애교 부릴 날이 많을 텐데 굳이 처음부터 너무 쉽게 다가가는 모습을 보이고 싶지 않았다.

엄마, 아빠는 내가 좋아하는 알곡을 손에 올려놓고 나를 불렀다.

"치즈야, 엄마, 아빠한테 좀 와봐, 알곡 줄게."

솔직히 알곡이 무진장 먹고 싶었지만, 끝까지 참으며 도도함을 잊지 않았다.

'그래, 여기서 무너지면 안 돼. 오늘 하루만 참으면서 엄마, 아빠 골려줘야지.'

엄마, 아빠가 애타는 모습을 보는 것도 나름 묘미였다. 오늘 하루만 참고 내일부터는 엄마, 아빠랑 친하게 지내야겠다고 다짐했다.

그런데 어쩌지…? 갑자기 배가 미친 듯이 고프다. 도도한 컨셉을 버리고 엄마 손에 올라갈 것인가, 아니면 배가 고프더라도 오늘 하루를 참을 것인가?

태어난 지 한 달여 만에 조생의 중요한 갈림길에 섰다.

내가 그렇게 쉬운 줄 알아? 안 먹어! 안 먹는단 말이야…!

아…. 배고픈데 이를 어쩌지…. 참아야 하나, 먹어야 하나….

앵집사와 가까워지기.
그리고 드디어 알게 된 내 이름 '치즈'

배가 미칠 듯이 고팠으나 일단 참고 위기를 넘겨야겠다고 생각했다. 아직은 이들을 확실하게 믿을 수가 없다. 배도 고프고, 먼 길을 오느라 몸도 천근만근 무거웠기에 일단 잠을 청하는 것이 급선무였다. 새장 안으로 들어가 자리를 잡았다. 그리고 어느새 깊은 잠에 빠져들었다.

"짹~! 짹~! 짹~!"

날이 밝았다. 아침을 깨우는 내 소리에 엄마, 아빠가 일어났다.

"치즈야~ 김치즈…!"
"치즈야~ 배고프지?"
"치즈, 잘 잤어?"
"우리 치즈, 왜 이렇게 예뻐?"
"치즈야~ 아이고, 예뻐!"

생각해보니 엄마, 아빠는 어제부터 끊임없이 나를 '김치즈'라고 불렀다. 치즈가 무슨 뜻인지는 당최 알 길이 없으나 계속 듣다 보니 문득 이게 바로 내 이름이 아닐까 하는 생각이 들었다.

'기억난다! 그러고 보니 뿌꾸가 그랬어. 이름은 내가 스스로 짓는 게 아

니라 누군가 지어서 불러주는 거라고…. 그렇다면 김치즈가 바로 내 이름?'

유레카! 의미는 몰라도 '김치즈'가 내 이름인 것만은 확실했다. 아마도 '김'이 성이고 '치즈'가 이름인 듯하다. 역시 난 똑똑하다. 나중에 알게 된 사실인데, 한국은 물론이고 전 세계적으로 자식 이름을 지을 때 아빠 성을 따르는 경우가 많다고 한다. 그런데 우리 집은 엄마 성을 따르는 걸 보니 상당히 포스트모더니즘하고 아방가르드한 스타일이라는 생각이 들었다. 어쩐지, 엄마, 아빠는 처음 마주하는 순간부터 상당히 깨어있는 지식인처럼 보이긴 했다.

여하튼 나는 이런 부모님과 여생을 함께하기로 했다. 나 같은 퀘이커는 평균 수명이 20~25년 정도 된다. 물론 그 이상 사는 친구들도 있다고 했다. 나는 태어난 지 이제 겨우 한 달 남짓이니까 앞으로 최소 20년 이상은 이 부모님과 살아야 한다. 고로, 부디 좋은 부모이기를 바라는 마음밖에 없다.

오늘은 엄마, 아빠를 유심히 관찰하는 시간을 가졌다.

'엄마는 확실히 예쁜 사람이라는 것을 알겠는데, 아빠는… 음…. 아빠는 그냥 아빠네…. 그래도 사람 하난 확실히 좋아 보인다. 그래, 사귈 것도 아니고 아빠로 맞이하는 건데 사람만 좋으면 된 거지.'

그리고 우리 엄마, 아빠는 나를 챙겨줄 때는 상당히 부지런해 보였는데 알고 보니 잠이 참 많다는 것을 알게 됐다.

'흠…. '미인은 잠꾸러기'라는 말이 있지. 그렇다면 엄마는 잠꾸러기여도 이상하지 않은데, 아빠는 왜 잠이 많은 걸까?'

이것도 나중에 알게 된 사실인데 한국인들의 근로시간은 OECD 국가 중 두 번째로 길다고 하더라. 그러니 주말에 부족한 수면을 보충할 수밖에 없다. 우리 엄마, 아빠도 예외는 아니었다. 주말에 나랑 보내주는 시간 이외에는 거의 잠만 자는 거 같다. 심지어는 나를 가슴 위에 올려놓고 존다…. 많이 피곤했나 보다. 정말… 짠하네.

'둘 다 자는 거 참 좋아하네. 이 정도면 하루 20시간 이상을 자는 나무늘보 급인데?'

그래도 눈 뜨면 나부터 챙겨주고 사랑해 주는 것이 느껴져서 행복하다. 다행히 좋은 부모님을 만난 것 같다. 앞으로도 엄마, 아빠와의 하루하루가 기대된다.

여하튼 오늘은 주말이라 그런지 온종일 엄마, 아빠와 있으면서 많이 가까워졌다. 처음으로 엄마, 아빠 손에도 올라가고 내가 좋아하는 밀렛(조)도 많이 먹었다. 지난밤에는 배가 고파서 죽는 줄 알았는데 오늘은 뱃가죽이 찢어질 정도로 먹느라 죽는 줄 알았다.

이상한 건, 엄마, 아빠는 내가 먹는 모습만 보면 좋아 죽는다는 거다. 아니, 사실 어떤 행동을 해도 좋아 죽지만, 특히 내가 몸을 부풀릴 때마다 좋아서 어쩔 줄을 몰라 했다. 신기하다. 그냥 내가 뭘 해도 엄~청 좋은가 보다.

참고로 나는 장이 짧아서 강아지나 고양이처럼 똥을 제대로 가리지 못한다. 그래서 수시로, 그리고 아무 데나 똥을 싼다.

여기서 뿌지직, 저기서 뿌지직, 엄마 손바닥에도 뿌지직, 아빠 등짝에도 뿌지직…. 그래서 나 같은 앵이들은 집사들이 진심으로 사랑하지 않으면 키우기 매우 힘든 동물이다.

그나마 다행인 것은 나는 다른 동물들과 달리 똥에서 냄새가 나지 않는다는 거다. 이는 나의 큰 장점이다. 파우더가 좀 날리는 것만 빼고 나만큼 깨끗한 반려동물 있으면 나와보라고 해! 그래서 그런지 우리 엄마, 아빠는 내가 집안 곳곳에 똥을 뿌리고 다녀도 나무라지 않는다. 나를 정말 사랑해서 그런 것일까? 아니면 단지 처음이라 그런 것일까?

아마도 지금은 내가 잘 날지 못해서 똥을 휘갈기는 것도 한계가 있지만, 나중에 훨훨 날아다니면서 여기저기 똥을 '뿌지직'하게 되면 그때는 크게 혼날 수도 있을 것 같다.

어하튼 오늘 하루 '김치즈'라는 이름을 수도 없이 들으면서 엄마, 아빠와 한층 더 가까워졌다. 엄청 뿌듯하다.

아빠랑 친해지기 시전 중

3화

홀로 남겨지는 시간,
그리고 달래 주는 엄마, 아빠

얼마나 지났을까

홀로 남겨진 널 두고
급하게 집으로 가는 여정에
몸을 싣는 우리의 마음을 넌 알까?

외출하는 엄마, 아빠를 뒤로한 채...

"빨리 인나라~ 퍼뜩 준비하고 나가야제. 5분만 같은 소리 하고 자빠졌네~."

엄마가 매일 나 말고도 애지중지 만지는 직사각형 같은 물체에서 겁나 시끄러운 소리가 울린다. 분명 엄마 목소리는 아니고, 이상한 아줌마 목소리다. 어찌나 우렁찬지~ 새벽 일찍 깨어있던 나도 정말이지 깜짝 놀란다.

'엄마, 아빠는 어떻게 이런 괴상한 소리에도 바로 못 일어나고 뒤척이는 걸까…. 참 신기하단 말이야.'

엄마, 아빠는 몇 분간 찡찡대며 엄청 뒤척이다가 갑자기 정신을 차린 듯, 벌떡! 일어나더니 아침부터 분주하다. 그들의 일과는 내 집 안의 물을 갈아주는 것으로 시작한다. 아침마다 엄마, 아빠가 갈아주는 신선한 수돗물은 내게는 마치 깊은 산속에서 흘러나오는 샘물과도 같다. 그대들에게 페리에(Perrier)가 있다면, 내게는 수돗물이 있지…. 짹짹!
그리고 서둘러서 옷을 입고 나갈 채비를 한다. 잠이 많은 엄마, 아빠에게는 무척이나 고된 일일 것이다.

"여보, 치즈 물 갈아줬어?"
"응, 방금 갈아줬어. 신경 쓰지 말고 빨리 옷 입고 준비해."

“치즈야, 아침엔 엄마, 아빠 방해되지 않게 잘 놀아, 매직기 뜨거우니까 조심하고….”

둘은 한참을 분주하게 준비했다. 목적지를 알 길은 없지만, 이른 아침부터 어딘가로 간다는 것 자체만으로 힘들 것 같다는 생각을 한다.
‘대체 어디로 뭘 하러 나가는 것이길래 저렇게 아침부터 바쁠까?’
준비가 끝났는지 갑자기 나에게 다가와 뽀뽀를 하고 나를 새장 안에 집어넣으려고 했다.

“짹짹! 안돼! 아직 난 새장에 들어갈 준비가 되지 않았단 말이야.”
“치즈야, 엄마, 아빠 다녀올 동안 집 잘 지키고 있어. 밥 잘 챙겨 먹고.”

엄마, 아빠는 아랑곳하지 않고 나를 새장 안에 넣고 홰액 나가버렸다.

‘아침부터 대체 어디를 가는 것일까?’

아직 근력이 부족하고, 날개도 충분히 자라지 않아 새장 안에서도 자유롭게 날아다닐 수 없어 답답하지만 그래도 외출하는 엄마, 아빠보다는 상황이 낫다는 생각이 든다. 새장 안에 갇혀서도 엄마, 아빠 걱정부터 하는 것을 보니 난 효심이 지극한 새다.
엄마, 아빠가 외출하고 나면 텅 빈 집을 지키는 것은 내 몫이 된다.

‘아, 나도 새장을 벗어나 집 안을 마음껏 누비고 싶다. 물론 엄마, 아빠

는 내가 그러는 것을 절대 용납 못 하겠지?'

어차피 새장 안에 갇혀서 자유롭게 돌아다닐 형편은 되지 못하지만, 왔다 갔다 하면서 밥을 먹거나 때로는 사색에 잠겨 나의 미래를 고민하곤 한다. 나라고 왜 고민이 없을까.

1. 날개가 다 자라면 집안 어디를 공략할지 살펴보기
2. 엄마, 아빠가 먹는 음식 중에 내가 먹을 만한 것들 물색하기
3. 엄마, 아빠가 없을 때 답답한 새장을 탈출하는 방법 찾기
4. 앞으로 남은 삶을 위한 조생(鳥生) 계획 세우기
5. 엄마, 아빠와 친밀도를 높이는 방법에 대해 고민하기

얼마나 지났을까. 슬슬 지겨워지기 시작했고, 어디를 간 건지 알 길이 없는 엄마, 아빠는 말 그대로 깜깜무소식이었다.

슬슬 화가 나기 시작했다. 데려온 지 얼마나 됐다고 나를 혼자 이렇게 내버려 두는 거지…. 이럴 거면 날 대체 왜 데리고 온 거야! 오늘따라 시간도 참 더럽게 안 간다.

"저 동그라미(벽 시계)에서 작은 바늘이 7을, 긴 바늘이 12를 가리키면 돌아오는데, 오늘따라 좀 늦나 보네. 엄마, 아빠 돌아오기만 해봐라. 큰 소리 한 번 쳐야지!"

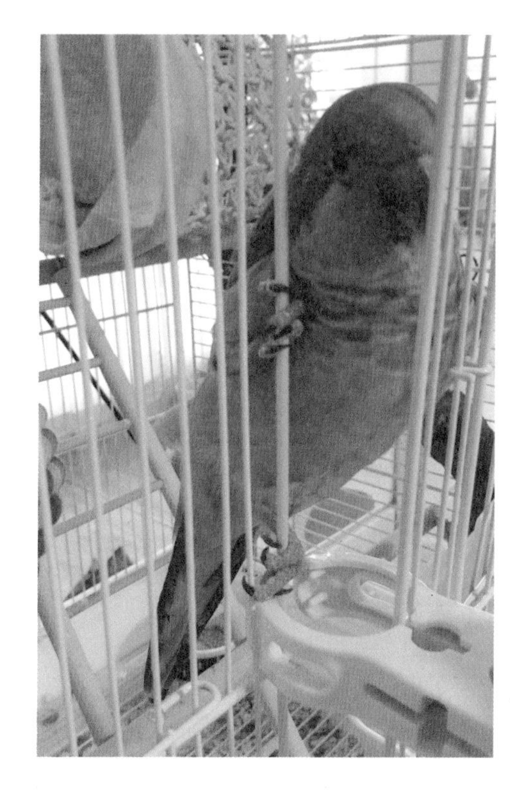

얼른 문 열어!
문 열라고!

띠~띠~띠~띠~띠~ (현관문 소리)

'앗, 무슨 소리지? 엄마, 아빠인가? 저 소리 내는 사람은 엄마, 아빠밖에 없는데 당연히 엄마, 아빠겠군.'

온종일 집 지키느라 지겨워 죽는 줄 알았는데 드디어 돌아왔다. 반가움도 잠시…. 화가 머리끝까지 난 나는 미친 듯이 "짹짹" 소리를 질렀다.

"짹짹~짹짹! 째~액! 짹짹~ 꽤~액! 꽥!"

엄마, 아빠의 얼굴에 당황한 기색이 역력했다.

"여보, 치즈 왜 그러지? 화가 단단히 났나 봐. 울음소리부터 다른데?"
"그러게, 어떡하지? '꽥꽥'은 새가 아니라 돼지 멱따는 소리 같은데? 얼마나 화가 났으면…. 일단 빨리 꺼내주자."
"짹짹! 그래, 나 무진장 화났다. 어떻게 나를 혼자 집에 두고 그렇게 오랜 시간을 비울 수가 있는 거야. 치무룩(치즈+시무룩)…."

흥…. 치무룩!

엄마, 아빠는 곧 나를 새장 안에서 꺼내줬지만 나는 둘을 쳐다도 보지 않고 등을 돌려 창밖으로 먼 산만 바라봤다. 저녁노을이 붉게 물들고, 길가에는 가로등이 하나둘씩 켜지기 시작했다. 아직도 거리에는 차들이 많았다.

'다들 외출했다가 집으로 돌아가는 길이겠지? 엄마, 아빠도 내 앞에서는 항상 웃지만 알고 보면 저들처럼 힘들게 살고 있겠지?'

그래, 생각났다. 엄마, 아빠가 외출하면서 틀어놓은 '앵'비씨 뉴스에서 한국인의 삶의 지수는 OECD 36개국 중 아래에서 두 번째이고, '삶의 자기 결정권' 지수 역시 139위로 세계 최하위 수준이라고 했던 기억이 난다. 앵무새 주제에 어떻게 기억하냐고? 앵무새니까 기억하지.

뇌가 정교한 계획을 수립하여 실행에 옮기도록 도와주는 나선형 핵(SpM) 부위가 인간의 뇌와 유사해서 도구 사용이나 자아 인식이 가능한 거야. 기억력도 당연히 좋을 수밖에 없고. 더 자세히 알고 싶으면 네이처지에서 나온 '사이언티픽 리포트(Scientific Reports)'를 참고해도 좋을 듯해. 짹짹!

부유하지만 행복하지 못해서 '행복 빈곤'에 시달리는 한국인들. 그러고 보니 나는 정말 행복하다는 생각이 들었다. 혼자 있는 시간은 외롭지만 그래도 불행하지는 않거든. 엄마, 아빠가 항상 먹을 것도 잘 챙겨주고, 물도 갈아주고, 비타민도 챙겨주고, 게다가 엄마, 아빠는 전셋집에 살지만 나는 자가주택 보유자니까. 갑자기 우리 엄마, 아빠가 불쌍해졌다.

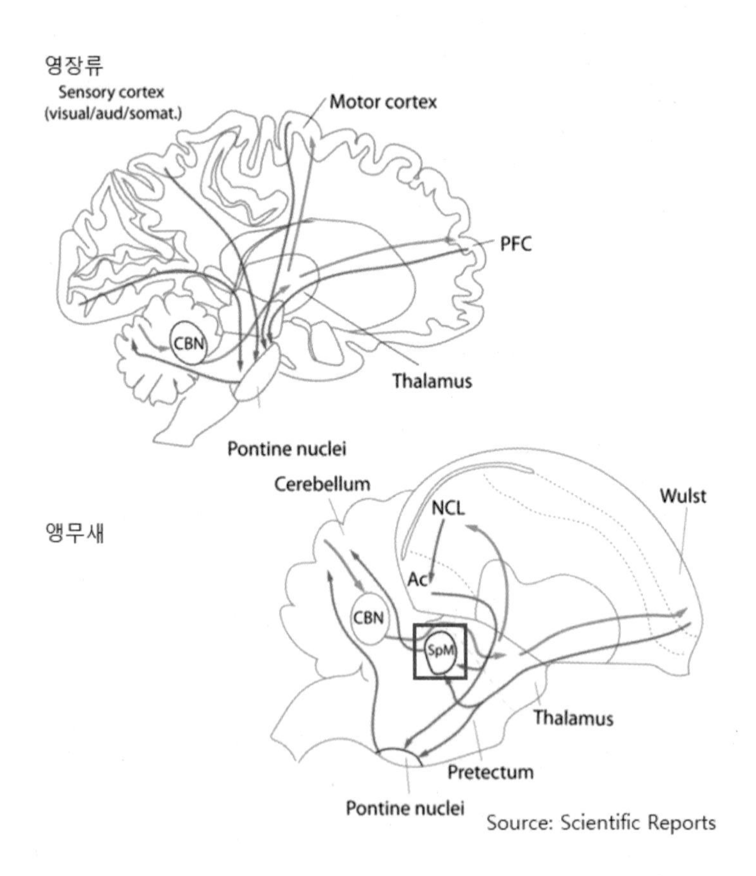

아래가 치즈 '뇌'인데 파란 네모 칸이 바로 SpM이 위치한 곳이야

'아, 내가 지금 무슨 생각을 하는 거지. 난 지금 화난 상태이고, 엄마, 아빠한테 내가 단단히 삐졌다는 것을 어필해야지! 그래, 치즈야 정신 차리자!'

엄마, 아빠는 내가 좋아하는 해바라기씨를 주면서 나를 회유하려고 했지만, 이번엔 통하지 않았다.

당황한 엄마, 아빠 vs 화가 머리끝까지 뻗친 나….

그렇게 대치 상태는 한동안 이어졌다.

나의 '킬링 포인트'를 들켜버렸다

한동안 거실에 적막이 흘렀다.

엄마, 아빠는 잠시 고민에 빠진 듯하더니 이내 나를 어루만지기 시작했다.

'아…. 안 돼…. 오늘 하루 종일 내가 얼마나 외로웠는데! 이렇게 단순하게 풀리면 내가 지는 거야….'

'그렇지만 나에게 있어 킬링 포인트는 바로 내 얼굴을 쓰다듬는 것인걸…?'

머리부터 눈가, 귀 쪽, 양 볼, 턱까지…. 불에 녹아내리는 마시멜로처럼 내가 퍼지는 순간을 엄마, 아빠는 너무나도 잘 알고 있다. 정말이지 사악하기 그지없다.

내가 녹아내리기 시작하자 엄마는 나를 더 격하게 마사지해 주기 시작했다. 아, 여기가 태국인가 천국인가.

"아이고, 우리 치즈 오늘 혼자 외로웠지? 엄마, 아빠가 늦게 와서 미안해. 잘 놀고 있었어?"

"**짹짹!**(외로워 죽는 줄 알았는데 잘 놀고 있었겠어? 그래도 마사지 하나는 끝내주게 시원하네.)"

약 20여 분의 시원한 마사지가 끝나고, 다시 한번 내게 해바라기씨를

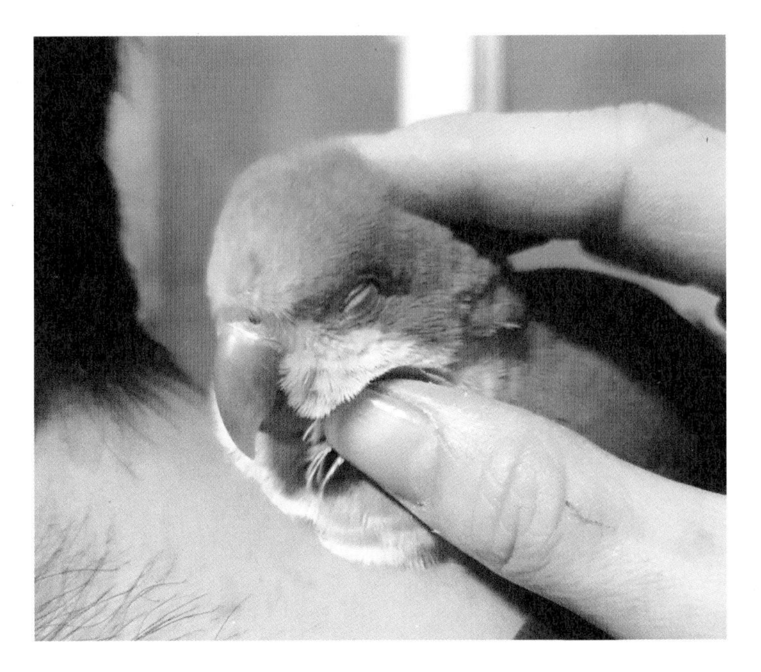

치즈 녹아요…. 진짜 치즈가 된 것 마냥….

내민다. 그래. 착한 내가 져줘야지. 이렇게 노력하는데! 나는 부리로 냉큼 해바라기씨를 가져온 뒤 발로 잡고 놈놈 열심히 까먹었다.

'내가 해바라기씨 먹는 거랑 엄마, 아빠가 치맥 먹을 때 느낌이랑 비슷하겠지?'

다만, 한 가지 아쉬운 점은, 내가 편식할까 염려되는지 엄마, 아빠는 해바라기씨를 적당량 이상 준 적이 없다는 것이다. 딱 봐도 아빠는 둔해서 모르는 것 같은데, 눈치 빠른 엄마는 내가 편식한다는 사실을 기가 막히게 알아차린다.

시간이 얼마나 흘렀을까. 한 시간 이상 엄마, 아빠와 신이 나게 놀았다. 엄마, 아빠도 지쳤는지 둘 다 소파 위에 널브러져 있다. 나도 사실 자야 하는 시간이지만, 온종일 무료한 시간을 보냈기에 졸리지만 잘 수 없었다.

오늘따라 유난히 뿌꾸가 떠올랐다.

'뿌꾸도 나처럼 새로운 엄마, 아빠를 따라간다고 했는데…. 그 집에서 잘 지내고 있을까? 이거 원 엄마, 아빠처럼 핸드폰이 없으니 '앵톡'으로도 연락할 길이 없네, 쩝….'

사람들은 누군가를 멘토로 삼고 싶어 한다. 나와 그들의 살아온 배경은 분명 다를지라도 사회생활 선배로서, 인생 선배로서 배울 게 있을 거라는 믿음 하에 누군가를 멘토로 삼는다. 앵무새라고 왜 멘토가 필요하지 않을까. 뿌꾸는 내게 인생의 가르침을 준 멘토와도 같은 존재다. 뿌꾸가 없었다면 나는 이 정도로 귀엽고 똑똑하게 성장할 수 없었을 것이다. 뿌꾸는 내게 그런 존재다.

'뿌꾸야, 어디 있니? 보고 싶다.'

오늘따라 뿌꾸가 보고 싶어 그리움에 잠겨 이런저런 생각을 하다 보니 졸음이 쏟아졌다. 웃긴 건 아빠도 같이 졸고 있다는 것….

엄마는 졸고 있는 나를 새장으로, 아빠는 방으로 보내버렸다. 오늘도 그렇게 나는 꿈나라로 빠져들었다.

꿈속에서 뿌꾸를 만나 신나게 노는 꿈을 꾸었다.

"뿌꾸야, 너랑 오랜만에 노니까 너무 재밌다아~!"

"그러게! 우리 자주 만나서 놀자고!"

내 잠꼬대 소리에 신기해하는 엄마를 뒤로하고 그렇게 나는 밤새 뿌꾸랑 놀았다.

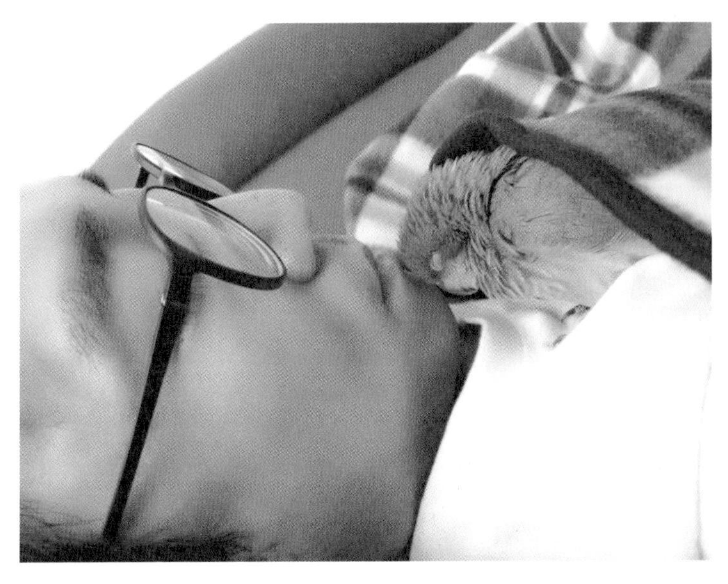

누가 가족 아니랄까 봐… 둘 다 이러고 잔다

4화

엄마, 아빠의 혼을 담은 육조(育鳥)

어쩌면 변한 건 나뿐일지도…

생각해보면

너는 늘 변함없이

어지르고 망가뜨리는 사고뭉치였다

사람들은 흔히들 앵무새를 떠올릴 때 '언어를 구사하는 동물'이라는 생각을 많이 하는 것 같다. 하지만 실제로는 말을 거의 못 하는 앵무새들도 적지 않다.

물론 나 같은 퀘이커는 말을 곧잘 하는 편이지만 다른 종인 코뉴어나, 모란앵무, 사랑앵무, 카이큐처럼 말을 잘하지 못하는 종들도 많다.

앵무새라고 말을 다 잘하는 게 아니란 말이야! 참고로 대개 앵무새의 크기와 언어 구사 능력은 비례한다. 나는 크기가 작은 편임에도 언어능력이 뛰어난 예외적인 케이스다. 가성비가 아주 좋다는 말이다.

한마디로 '종특'.

엄마, 아빠는 내가 말을 잘하는 종이라는 것을 너무나도 잘 알고 있기에 매일 뭔가를 시키려고 한다. 하지만 이걸 어쩐다….

'태어난 지 이제 겨우 반년도 안 된 아가한테 무리한 것을 막 시키면 내가 따라 할 수가 없잖아! 이건 마치 갓 태어난 사람 아가한테 폴짝 뛰어보라고 하는 것과 비슷한 말이라고.'

그렇다. 나는 말을 잘하는 종에 속하지만 아직은 시기상조다. 그런데도 계속 뭔가 시키려는 것을 보면 한국 사람들은 확실히 성격이 급하다. 엄마, 아빠도 예외는 아니었어!

"치즈야, 엄~마! 아~빠!"

내가 요즘 가장 많이 듣는 말 중에 하나다. 말하는 것도 자고로 순서가 있는 법. 앵무새의 경우 다른 동물과 달리 사람처럼 혀끝이 동그랗고 두꺼워서 말을 잘하는 것인데 나는 아직 한창 성장기에 속하기 때문에 말을 하기까지는 시간이 걸린다. 게다가, 내 구강 구조가 사람이랑 비슷하면 뭐해. 언어 능력이 아직 발달하지 않았단 말이지. 하지만 웬걸. 엄마, 아빠도 한국인 아니랄까 봐 무언가를 계속 시킨다. 그렇다. 나 역시 주입식 조(鳥)기교육의 피해자다.

그리고 또 한 가지.

요즘 계속 나한테 '뿌꾸빠'라는 말을 시킨다. 특히 '뿌꾸빠'를 시킬 때 그 앞에 멜로디를 붙이는데 너무 고난이도라 기억도 제대로 나지 않는다. 뭐였더라.

'한…치…드…치…쉐…치 네찌 뿌꾸빠?…. 아 모르겠다. 너무 어려워….'

도통 무슨 의미인 줄도 모르겠고, 소리도 이상한데 자꾸 해보라고 시킨다.

"치즈야~ 뿌꾸빠!"

"짹짹! (나도 따라 하고 싶은데 입이 움직이질 않는단 말이야!)"

"여보~ 우리 치즈는 '짹짹' 소리밖에 할 줄 아는 말이 없나 봐. 우리 닮았으면 머리가 비상해야 할 텐데…. 아닌가 봐."

"짹짹!" (이 양반들 못 하는 소리가 없네. 내가 얼마나 비상한 두뇌를 가지고 있는데…. 말 못 하는 새 앞이라고 막말하는 건가? 참, 내 정신 봐라~ 나 말할 줄 알지…. 치무룩!)

모든 일에는 분명 순서가 있는데 엄마, 아빠는 이 간단한 진리를 모르나 보다.

나중에 내가 이 말을 실제로 따라 하는 날이 오게 되면 놀라 자빠질라. 생각만 해도 짜릿하네.

나 같은 앵무새는 무척이나 영특하고, 귀엽고, 애굣덩어리에 모든 걸 다 갖춘 팔방미인이지만, 한두 번 듣고는 기억도 하기 힘들뿐더러, 말을 하기 위해서는 한 단어를 수백~수천 번 이상 들어야 한다. 그런데 엄마, 아빠는 그 사실을 아직 모르는 거 같다. 하긴, 나랑 완전히 다른 생명체인데 아는 게 더 이상한 게 아닐까 싶다.

누군가 그랬다. '천 번을 흔들려야 어른이 된다'고…. 난 천 번을 들어야 비로소 말을 할 수 있게 된다.

그래도 엄마, 아빠 같은 집사를 만난 것은 어떻게 보면 행운이다.

말을 계속 시킬 때는 좀 귀찮긴 하지만 매일 아침 신선한 물을 공급해 주고, 밥도 수시로 갈아주는데 특히 내가 편식할까 봐 이것저것 골고루 챙겨 준다. 알곡, 조, 해바라기씨, 펠렛(앵무새용 먹이), 건조된 밀웜 등등…. 정말이지 엄마, 아빠는 혼을 담아서 나를 보살핀다. 물론 나는 호불호가 확실해서 엄마가 밥을 채워주면 내가 좋아하는 것만 몰래 쏙쏙 골라 먹어야 해서 번거롭긴 한데 그래도 사랑을 받는다는 것이 어떤 느낌인지 알 것 같다.

덧붙여, 엄마, 아빠는 잘 먹지 않는 온갖 비타민과 영양제도 그렇게 잘 챙겨줄 수가 없다.

정말이지 나밖에 모르는 바보들이다. 한국에서 자녀 한 명을 대학 졸업할 때까지 키우려면 적게는 1억, 많으면 4억 원 정도 든다고 하는데, 그

편식하지 말라고
골고루 챙겨주는 엄마가
야속할 때도 있다….

정도의 정성을 새한테도 쏟아야 나처럼 건강하고 아름다운 색깔의 깃털을 가질 수 있다. 세상사가 그렇듯이, 그냥 얻어지는 것은 없다.

'엄마, 아빠가 나 때문에 고생하고 신경 써주는 거 누구보다 잘 알고 있어. 우리 오래오래 행복하게 살자. 짹짹!'

5화

소. 확. 행. (부제 : 나의 최애 음식)

호박씨를 까먹으며

소확행을 느끼는

너를 보는 것이야말로

대확행(대대하고도 확실한 행복)이야

어느 정도 엄마, 아빠와의 동거 생활에 적응하면서 나 나름대로 즐거움을 찾았다. 바로 먹는 낙!

이를 두고 요즘 말로 '소.확.행.'이라고 한다지? 정말이지…. 별.다.줄.이야…. (별걸 다 줄인다)

그동안 쭈~욱 지켜보니 엄마, 아빠는 한 다섯 밤 정도는 아침 일찍 나갔다가 해가 질 때쯤에야 집에 들어오고, 두 밤 정도는 나와 온종일 붙어 있으려고 하는 것 같다. 하지만 어떤 때는 그 짧은 이틀 동안에도 나를 내버려 두고 외출하는 경우가 가끔 있다. 그럴 때면 내게 미안해서인지 내 집 안에 밀렛(조) 한 가닥을 걸어두고 나가곤 한다. 또, 어떤 때는 내가 좋아하는 알곡 바를 걸어두거나 해바라기씨를 작은 접시에 주고 나가기도 한다.

밀렛 앞에서 나는 아무 생각이 없다. 무'앵'지경 먹방 중

내가 새장에 들어가는 걸 워낙 싫어하는 것을 너무나도 잘 알고 있는 엄마, 아빠는 특식으로 유인해서 날 새장 안에 가둔다.

'착각하지 마시게…. 내가 바보라 그런 게 아니라 일부러 속아주는 거란 말이야…. 짹짹!'

평소에는 펠렛 위주로 챙겨주는데, 가끔 이렇게 운 좋은 날들이 있다. 물론, 나는 엄마가 주는 대로 잘 받아먹는 착한 앵.찌. 이지만, 맛있는 게 눈앞에 있을 때면 나도 모르게 편식을 하게 된다.

"치즈야, 혼자서 잘 놀고 있어. 엄마가 티브이 틀어줄 테니까 심심하면 티브이도 보고! 밥 잘 챙겨 먹고, 간식도 넣어놨으니 잘 먹고 있어야 해? 엄마, 아빠 금방 올게."

"날 두고 또 어딜 가냐! 짹짹!"

'뭐야, 나랑 안 놀아주고 또 나가?'라는 생각이 들면서도 어떤 때는 눈앞의 맛있는 간식에 눈이 멀어 엄마, 아빠가 나가는지 어쩌는지도 모르고 정신이 팔릴 때가 있다. 물론 먹고 나면 도대체 이놈의 엄마, 아빠는 언제 오나…. 한없이 기다리곤 하지만!

'엄마, 아빠 보고 싶다! 짹짹!'

뭐, 여하튼! 때때로 외로운 생활 속에서 날 위로해 주는 가장 큰 낙은

옥수수 냠냠
볼에 노란 건 응가 자국인 거 비밀!

바로 이 먹는 즐거움이라는 것만은 분명하다.

그래서 그런지 인간 사회에서도 요즘엔 '의식주'라는 말보다 '식의주'라는 말을 더 많이 사용한다지? 사람이나 새나 먹는 거 앞에서 한없이 약해지고 행복함을 느끼는 것은 매한가지인가 보다.

나는 평소 식탐이 많은 편은 아니지만, 내가 제일 좋아하는 음식 앞에서는 정신을 못 차리고 과식을 하는 편이고, 좋아하는 음식 역시 때때로 바뀌곤 한다.

어렸을 때는 (지금도 어리지만) 알곡과 해바라기씨가 세상에서 제일 좋았고, 그다음은 밀렛이랑 샛노란 옥수수, 그리고 그다음은 엄마가 가끔 특

호박씨 러버♥
너밖에 안 보여

미션 임파서블! 특명 1 - 엄마 몰래 말려 놓은 호박씨를 사수하라!

식으로 챙겨주는 앵팝(앵무새 팝콘)이랑 고구마!

그러다 한동안 사과와 아몬드로 바뀌었는데, 요즘은 내 최애인 사과와 아몬드마저 흔들어버릴 음식이 하나 더 생겼다. 바로 달달한 바나나와 단호박, 그리고 엄마가 따로 나를 위해 말려 주는 호박씨!

엄마는 몇 개월간 나를 관찰하더니 내가 구황작물을 좋아한다는 것을 알아차렸다. 그러곤 모임에 나가 내 자랑을 했는지, 지인으로부터 새로운 별명도 얻어왔다. 바로 '할배'란다.

츄릅, 생각만 해도 군침이 도는구먼. 쨱쨱!

사실, 맛있는 간식을 먹는 것은 결코 쉬운 일이 아니다. 엄마는 거의 항상 내가 좋아하는 간식을 주기 전에 자꾸 귀찮게 이것저것 시키기 때문이다.

"치즈야~ 돌아! 돌면 엄마가 해씨 줄게! 돌아, 한 바퀴 더! 옳지! 잘했어요!"

"치즈야~ 손! 오른손! 왼손! 아니, 아니 올라오지 말고, 손을 줘! 자, 다시 한번 해보자. 손!"

"치즈야~ 아몬드 줄까? 그럼 이거 해봐, 따다다다다다!(총 쏘는 소리)"

"치즈야~ 오늘은 엄마가 호박씨 줄게. 자, 따라해봐, 까꿍~!"

"치즈야~ 빵!(총 쏘는 소리) 빵! 다시 한번, 빵! 옳지, 아이고 예뻐!"

치즈 닳겠다…. 독자 여러분도 아시겠지만, 정말이지, 먹고살기 세상 힘들다.

엄마가 틀어주고 나가는 티브이를 보다 보니 알게 된 사실인데, 20~30

대 취준생들은 취업이 어려워 난리고, 직장인들은 또 '내 월급만 빼고 다 오른다'라는 얘기를 허구한 날 하던데…. 심각한 저출산, 고령화에 경기까지 엉망이니 참 총체적 난국이 따로 없다.

물론, 나라고 다를 건 없는 것 같다…. 짹!

세상엔 공짜가 없다더니, 정말인가 보다. 더럽고 치사하지만, 나 같은 앵이들한테도 세상만사 쉽게 얻어지는 것은 없다.

그나마 우리 아빠는 마음이 약해서 내가 애교 부리거나 보채면 조건 없이도 간식을 주는데, 우리 엄마는 정말이지 사악하기 그지없다. 가끔은 더럽고 치사해서 자체적으로 훈련을 중단하지만, 그래도 고생 끝의 열매는 더 달 수밖에….

오늘도 난 엄마, 아빠 앞에서 열심히 재롱을 피운다. 바로 요렇게!

호박씨 더 줘요! 감칠맛 나니까. 짹짹!

빨리 밥 주세요,
현기증 난단 말이야….

※ 잠깐! 앵무새가 먹으면 안 되는 음식!

- 아보카도, 복숭아, 감, 두리안, 과일 씨
- 우유/치즈 및 기타 유제품, 커피, 초콜렛, 알코올, 탄산음료, 설탕, 튀김류
- 말린/날 콩, 마늘, 파, 양파, 생강, 버섯, 부추, 생가지(익힌 가지는 OK)
- 토마토 잎/줄기(토마토는 OK)
- 찰기 있는 음식(떡, 밥풀, 찹쌀 등), 꿀(익힌 꿀은 OK), 알로에, 향신료
- 기타 사람이 먹는 간이 된 음식

6화

깃털 쟁탈전

아빠와 아들의 리모콘 쟁탈전만큼
치열한 전쟁이 있을까?

우리 집엔
리모콘 쟁탈전 대신
깃털 쟁탈전이 있지

나는 내 깃털을 가지고 노는 것을 좋아한다.

대부분의 시간을 털 고르고 예뻐지는데 할애하기 때문에 내 주위엔 항시 털이 흩날리곤 한다. 빠진 털은 무료할 때 갖고 놀기에 제격이라서 늘 털을 고른 후에는 '쫍쫍' 가지고 놀곤 한다.

그렇지만 나보다 울 엄마, 아빠가 내 털을 더 좋아하는 것 같다. 무엇 때문인진 모르겠지만 내 털이 빠지면 잽싸게 주워가고, 내가 갖고 놀라치면 또 잽싸게 뺏어간다. 가끔은 그래서 나랑 털을 가지고 쟁탈전을 벌이기도 한다.

"치즈야~ 안 돼! 네 털이지만 엄마 거야 이건! 엄마에게 양보해 주련~?"

도통 이해할 수 없다. 내 건데! 왜 엄마, 아빠가 뺏어가는 거지? 대체 어디에 쓰려고 가져가는 것일까? 이뿐만이 아니다. 심지어는 새장 바닥에 떨어진 털들까지 주워선 털에 묻은 알곡을 탈탈 털어 가져가곤 한다.

그렇게도 내 털이 좋은가? 하긴~ 내 털결이 비단결 같긴 하지. 훗!

털 고르며 느낀 건데 내 털은 늘 반짝반짝 윤기가 흐른다. 전지현의 '엘라스틴 했어요' 저리 가라다. 물론 이는 엄마가 맨날 내 밥에 비오틴이라는 깃털에 좋은 영양제를 타기 때문인 것 같다. 게다가 나는 우리 집에서 하나밖에 없는 외동이니까 내 꽁지깃을 뽑거나 괴롭힐 형제자매가 없기 때문이겠지….

그래서 그런가?

엄마, 아빠는 늘 내 털로 베개를 만든다고 한다. 구스가 아닌 패럿 베개….

부제 : 칼춤 추는 '인도 치즈'

"여보~ 치즈 또 털 빠졌다. 모으자, 모으자! 모아서 베개를 만들어보자!"

근데 베개는 내가 알기론 엄마, 아빠가 잘 때 베고 자는, 그리고 내가 맨날 아침마다 엄마, 아빠가 일어나길 기다리다 지쳐 그 위에 똥을 싸는 그건데…?

'그렇게 큰 걸 내 털로 만든다고? 내 털을 다 뽑을 셈인가? 설마…. 아니겠지? 치즈 살려….'

맘씨 좋은 우리 엄마, 아빠가 그럴 일은 없을 거다…. 그렇다면 앞으로도 내가 털갈이를 할 때마다 지난번처럼 줍겠다는 건데….

그렇다. 나는 사실 매년 털갈이를 한다. 원래 나 같이 사람 엄마, 아빠

한 200년쯤 모으면 베개 탄생 가능?

를 둔 앵무새들 말고 저~기 저 창문 밖에서 야생에서 살아가는 친구들은 번식이 끝날 무렵 털갈이를 한다고 한다.

그렇지만 나는 사람 엄마, 아빠랑 같이 사는 앵무새라서 봄, 가을이나 계절이 바뀔 때 털갈이를 한다.

물론 새라고 다 똑같은 게 아니라 앵 by 앵으로 다 다르다고 한다. 어떤 친구들은 2년마다 하고, 어떤 친구들은 몇 달 간격으로 하고…. 우리에게 깃털이란, 사람으로 치면 머리카락과 같아서 빠지거나 잘려도 아프지 않고, 뽑으면 새로 자라나기 때문에 털 고르기를 하다가 오래되거나 손상된 깃털이 있으면 뽑아버리곤 한다. 엇! 그러고 보니 뭔가 이상하다. 왜 우리 아빠는 요즘 머리카락이 빠지면 다시 자라지 않…

아, 내 정신 좀 봐. 내가 무슨 소리를 하는 거지…! 아빠 미안!

여하튼, 털갈이를 할 때가 되면 나는 상.당.히. 예민해진다. 깃털이 빠

사립발레단 - 치즈의 호수

질 때는 아프지 않은데 새로이 자라나면 엄청 아프기 때문이다. 그래서 내가 그렇게 좋아하는 마사지도 잘 못해주면 엄마를 콱 물어버리곤 한다. 엄마한텐 미안하지만…. 그 순간엔 정말 죽을 만큼 아프기 때문이다.

"치즈야~ 마사지해 줄게. 이리 와봐~ 어? 가시깃이 많이 자랐구나. 엄마가 부숴 줄게."

"(한참 즐기다가 갑자기) 꽤~액!"

"아, 깜짝이야! 치즈 아팠어? 미안 미안, 엄마가 아픈 데를 건드렸구나?"

"(엄마, 미안!) 짹짹! (그렇지만 엄청 아팠다구우우우) 짹짹!"

사람과 달리 앵이들은 새 깃털이 날 때 빨대같이 생긴 막(가시깃)이 깃털을 싸고 있는 형태로 자라난다. 새 깃털이 완전히 성장하기 전까지는 '핀'이라고 불리는 이 빨대 막이 혈액을 끌어와 영양분을 공급해 준다. 그야말로 살아있는 세포 조직이기 때문에 만지면 꺅! 엄.청. 아프다. 잘 모르는 초보 앵집사가 가시깃을 뽑으면 그야말로 염라대왕 영접하고 오는 날이나 다름없다.

하지만 깃털이 다 자라나면 가시깃을 부숴도 아프지 않다. 가시깃을 자세히 살펴보면 처음에는 혈액으로 인해 검붉은 빛깔을 띠는데, 혈액과 영양분 공급이 끝나면 언제 그랬냐는 듯이 하얀색으로 바뀐다. 하얗게 변한 후에는 더는 통증을 느끼지 않기에 집사가 대신 부수어줘도 아무런 감각이 없고, 때로는 내 부리로 알아서 부수기도 한다. 부리로 온몸을 비벼서 가시깃을 벗겨내면 묵은 때 벗겨내듯 그렇게 시원할 수가 없다.

그렇지만 나처럼 외동인 새들은 한계가 있다. 물론 우린 목이 유연해서 자유자재로 뒤로 돌릴 수 있지만, 머리나 얼굴, 목 주변의 가시깃은 내 부리로만 부수기는 힘들기 때문이다. 그럴 때면 우리 엄마가 내 마음을 알아차리고 손톱으로 긁긁해 주곤 한다.

아~ 마사지 타임. 하루 중에 내가 제일 좋아하는 시간♥

'지금까지 이런 느낌은 없었다. 여기는 천국인가 헤븐(heaven)인가' (나 유식하지? 쨱쨱!)

여하튼 털갈이 시기에는 우리 엄마가 밥도 많이 준다. 힘든 내 마음을 이해하는지 평소보다 과일도 많이 주고 계란 껍질이랑 내가 좋아하는 밀웜도 많이 챙겨준다. 단백질, 단백질! 역시 저기압일 땐 벌레 앞으로!

엄마, 아빠는 벌레를 징그러워하지만 그래도 나를 위해 참고 갈아주니 많이 먹을 수 있어서 정말 행복하다.

엄마 촉.오!

단백질을 많이 섭취해서 그런지 오늘도 나는 열심히 털갈이를 한다.

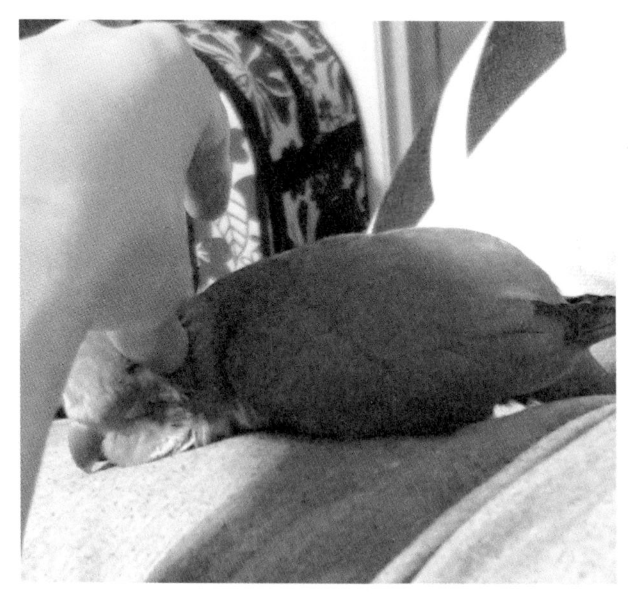

좋아 죽는 치즈, 내가 바로 앵뭉이(앵무새+멍뭉이)다

7화

주말에 잠꾸러기 엄마, 아빠를 깨우는 법

이제나저제나 기다리게 했던
엄마, 아빠가 이제 겨우 한눈을 떴다

눈을 뜨자마자 보이는 너란 존재
오늘도 잠은 다 잤구나♥

나는 평소에 밤 9시 전이면 잠자리에 들고 매일 아침 해가 뜰 때쯤이면 잠에서 깬다. 적어도 엄마, 아빠와 비교하면 상당히 규칙적인 생활을 한다.

반면, 엄마, 아빠는 아침잠이 많아서 특히 주말만 되면 아침에 도무지 일어날 생각을 하지 않는다. 평소에 잠이 부족해서 그렇다는 것을 이해하면서도 엄마, 아빠가 깨기만을 기다려야 하는 나로서는 무척이나 지겹고 힘이 든다.

나는 평일, 주말 상관없이 아침에 눈을 뜨면 엄마, 아빠가 자는 안방으로 휘리릭 날아간다. 아니, 실제로는 '도도도도' 소리를 내며 걸어갈 때가 많다. 사람과 마찬가지로 우리 앵이들도 때론 날아가는 게 귀찮을 때가 있기 때문이다.

"엄마, 아빠! 치즈 왔다. 짹짹!"

귀여운 내가 등장하든 말든 엄마, 아빠는 아침잠 삼매경에 빠져있다. 그때부터 나는 엄마, 아빠를 깨우기 위해 다음과 같은 작전에 돌입한다.

1. 치케일링

치케일링은 '치즈가 해주는 스케일링'의 줄임말이다. 요즘 같은 무한 경쟁 시대에서는 앵이들도 전문 분야 하나쯤은 있어야 살아남을 수 있다. 나는 자는 엄마, 아빠의 입술 안으로 보이는 치아를 부리로 쪼아주며 무한 치케일링을 제공한다. 언젠가는 일어나지 않을까 하는 생각으

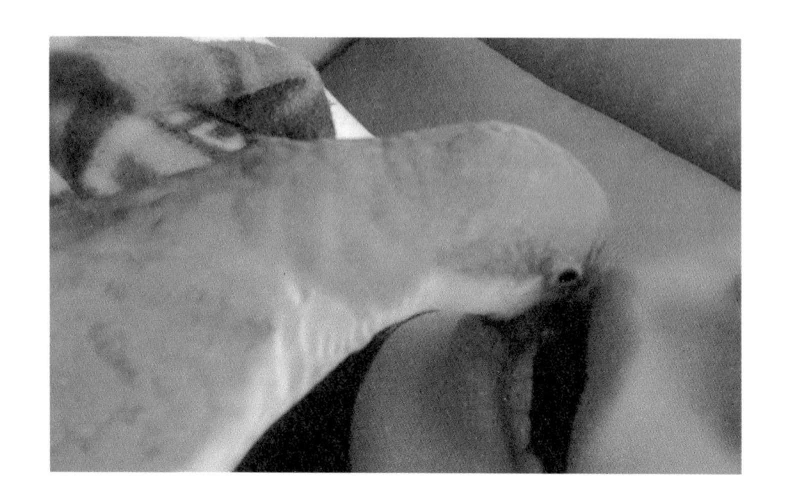

로 열심히 쪼지만 별 효과를 보지 못하는 경우가 많다.

2. 스킨케어

이 역시 나의 전문 분야다. 부리로 얼굴과 입술의 각질을 제거해 주거나 발로 얼굴을 꾹꾹 눌러주며 치즈만의 스킨케어를 제공한다. 부리로 얼굴 구석구석 각질 제거를 해줄 때는 엄마, 아빠가 아픈지 얼굴을 찡그리기도 하는데 결국엔 그냥 잔다.

3. 눈, 코, 귀 쑤시기

정 일어나지 않을 때는 최후의 보루로 눈, 코, 귀를 파거나 쑤신다. 딱히 이유는 없고, 그냥 보이는 구멍은 쿡쿡 쑤시면서 기상을 유도하는 치즈만의 방법이다.

이 세 가지 방법을 2시간 정도 반복하면 그제야 엄마, 아빠는 정신을 차리고 일어난다. 아이고, 치즈 죽네…. 엄마, 아빠를 깨우다 지쳐서 반대로 내가 뻗을 뻔한 적도 많다.

한국에서 살아가는 직장인이 얼마나 힘든지 알기에 주말에라도 좀 자게 놔두고 싶지만, 마냥 기다리기에는 너무 힘들다. 게다가 평일에는 나랑 잘 놀아주지도 못하니까 주말에라도 엄마, 아빠와 많은 시간을 보내고 싶은 치즈의 마음을 조금이나마 이해해 줬으면 좋겠다.

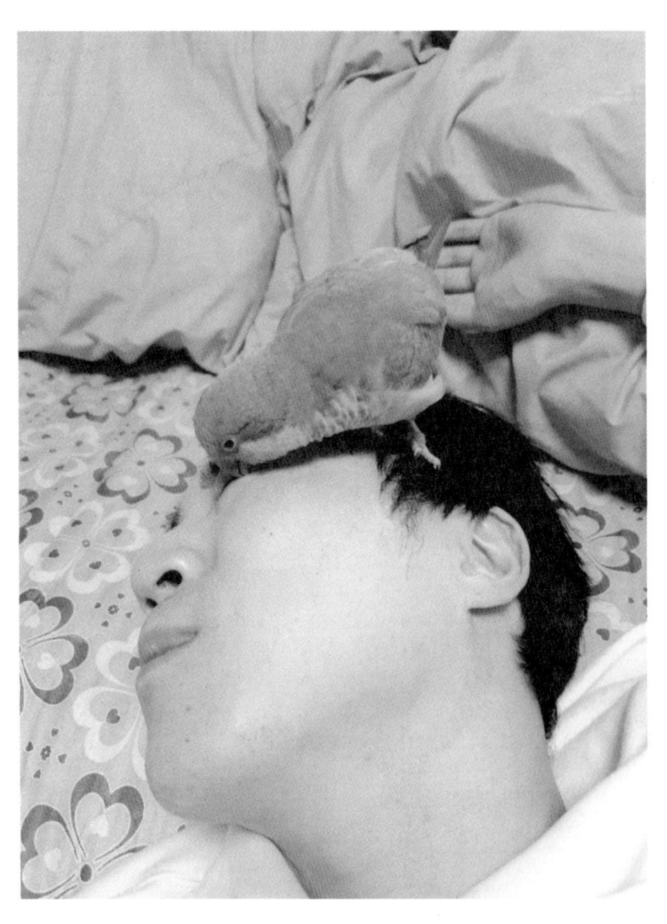

아빠 지못미….

8화

죽음의 고비를 넘기다

무식하면 용감하다던데

너는 대체 왜 똑똑한데 용감한 거니?

나무 위에서 위기를 맞다

흐드러지게 폈던 벚꽃 잎들이 한 줄기 바람에도 우수수 흩날리던, 이제는 엄마, 아빠와의 생활이 익숙해진 어느 봄날. 엄마, 아빠는 며칠 전부터 갑자기 내게 이상한 줄을 씌우기 시작했다.

“여보, 얼마 전에 배송 온 하네스, 치즈한테 입혀볼까? 분명 무서워할 텐데….”

“분명 발악하겠지. 그래도 익숙해지라고 치즈 근처에 계속 놔두었으니 좀 괜찮지 않을까?”

“한 번 시도해보자, 그럼!”

생긴 것만 봐도 무섭게 생긴 줄이 내 목과 날개에 입혀졌다. 어어, 이게 뭐야~ 내 몸을 움직일 수가 없잖아. 이게 뭐지 대체? 답답해…. 나중에 알게 된 사실인데 혹여나 내가 멀리 날아가 버리는 것을 방지하기 위해 채우는 줄이 바로 ‘하네스’다. 강아지로 따지면 목줄에 해당한다고 보면 된다. 참고로 이 줄은 해보지 않은 사람은 모른다. 얼마나 불편한지….

“어떡해~ 치즈 고장 났나 봐.”

“처음이니까 그렇지 않을까?”

그렇게 엄마, 아빠는 며칠에 걸쳐 이상한 줄을 씌웠다가 풀어주길 반복하더니 오늘 갑자기 나를 데리고 바깥 구경을 나갔다.

이거 뭐야 답답하잖아! 치즈 고장 남!

“치즈야~ 날도 좋은데 산책하러 가자!”

“그래, 너도 집 안에만 있으려니 얼마나 답답했겠어. 오늘은 일광욕 좀 하자!”

그렇게 가볍게 시작된 첫 산책이 후에 무시무시한 결과를 가져올 줄은 감히 누구도 예상하지 못했다. 구름 한 점 없는 쾌청한 날씨였지만, 하네스는 정말 불편했다. 사람으로 따지면 온갖 줄을 칭칭 동여매고 산책하러 나가는 정도로 생각하면 된다.

"여보, 치즈 답답한가 봐. 바깥 구경시켜 주려고 나왔는데 풍경은 안 보고 하네스만 물어뜯고 있어. 아주 잠깐만 풀어줄까? 너무 안쓰러워."

"그래? 근데 그러다가 날아가면 어떡해."

"설마…. 어차피 윙컷(wing-cut)도 되어 있으니 잘 날지도 못하잖아. 일단 내가 잘 붙잡고 있어 볼게."

몸에 감긴 하네스 때문에 움직임이 자유롭지 못하게 된 내가 불쌍했는지 엄마, 아빠는 다시 줄을 풀어주기 시작했다.

짹짹! 해방이다!

갑자기 펼쳐진 낯선 풍경을 보니 처음엔 그저 신기할 따름이었다. 새하얀 구름과 연푸른빛 하늘, 길 양옆으로 난 나무들과 꽃, 엄마, 아빠와는 다르게 생긴 사람들이 마구마구 내 옆으로 지나가면서 수군거리는 것이 나의 눈과 귀에 포착됐다.

"어머~ 새야 새. 신기하다 파란 새네? 안 날아가나 봐~ 어깨 위에 고대로 있네?"

뭔가 핵.인.싸.가 된 기분! 사람들이 나만 쳐다본다. 새 처음 보냐! 짹짹!

얼마가 지났으려나. 무서움도 잠시, 내 앞에 올라갈 수 있을 것만 같은 제법 낮은 크기의 나무가 보인다. 누가 뭐래도 새인 나는, 내 안에 감춰져 있던, 저 나무 위로 높이 올라가야 할 것만 같은 본능이 깨어났다. 기회를 엿보다가 엄마, 아빠가 잠시 방심하는 틈을 타 나무 위로 날아오르기 시작했다.

이때다!

“헐, 어떡해, 치즈 날아갔어!”

당황한 엄마, 아빠의 표정도 잠시, 아직 집 밖에서의 비행이 처음이었던 내게는 벅찬 시도였는지, 바닥으로 떨어지기 시작. 어어어어! 떨어진다~! 생각보다 나무가 너~무 높았다. 나는 온실 속 화초였고, 야생의 세계는 역시 실전이었다.

“나이스 캐치! 이놈아, 너 안 되겠다. 그렇게 날아가면 어떡하니?”

순발력을 발휘해 떨어지는 날 잡아준 엄마 덕분에 길바닥에 착지하기 전 무사히(?) 붙.들.렸.다. 아… 아쉽다….

“치즈야! 너 안 되겠어, 다시 하네스 착용하자!”
“그래, 그게 낫겠어. 정말 한순간도 방심할 수 없다니까?”

그렇게 나는 또다시 답답한 줄에 입혀지는 신세가 되었다. 싫다고~ 이거 싫어! 싫어! 풀어줘~ 짹!
아까보다 더 격렬하게 거부 반응을 보이자, 엄마, 아빠가 나를 어르고 달랬다.

“치즈야~ 산책 나왔잖아. 여기 이렇게 하늘도 예쁘고 꽃도 예쁘고 너랑 다르게 생긴 친구들도 있는데 구경을 해야지~ 왜 줄만 물어뜯고 있어. 아이고….”

“여보, 치즈가 하네스 진짜 싫어하나 봐…. 이러다가 트라우마 생기면 어쩌지?”

그렇게 몇 분이 지났을까, 여전히 줄만 물어뜯는 내가 안 되겠는지 엄마, 아빠가 특단의 조치를 내린다.

“여보, 안 되겠어~ 저기 정자에 가서 치즈를 그냥 이동장에 넣자.”

“그래그래~ 치즈가 너무 싫어한다.”

이때다. 난 다시 탈출할 기회를 엿보기 시작했다.

정자에 도착! 엄마, 아빠는 앉아서 나를 줄에서 풀어 이동장 가방에 넣을 준비를 한다.

엇, 틈새가 보인다…. 지금이야! 휘리리리리릭!

아까의 실패를 교훈 삼아 이번엔 아주 잽싸고도 이유식 먹던 힘까지 쥐어짜 앞에 있는 큰 나무 위로 올라가는 데 성공했다!

주변에 있던 사람들이 수군거리기 시작했다.

엄마, 아빠는 몹시나 당황해 보인다.

“헐, 어떡해. 너무 순식간에 치즈가 날아가 버렸어. 저 정도면 족히 5m 이상은 되어 보이는데…. 어쩌지?”

“일단 치즈가 좋아하는 밀렛으로 꼬셔볼까?”

나 찾아봐라~
우주 대스타가 된 기분 유후~♬

“응, 일단 그게 낫겠어. 불러보자.”

다급한 목소리로 엄마가 날 부르기 시작했다.

“치즈야, 이게 뭐야? 치즈가 좋아하는 밀렛이네? 이리 와~ 엄마한테 와 봐. 이거 줄게!”

그러든지 말든지, 내가 자리 잡은 이곳의 경치가 너무 좋은 걸? 애타게 나를 부르는 엄마, 아빠의 마음을 외면하고 나는 유유히 털을 고르기 시작했다.

‘높은 곳에서 털을 고르는 것도 나름 스릴 넘치네. 내가 언제 이렇게 높은 곳에서 털을 골라 보겠어?!’

"치즈야! 이리 와! 털 고르지 말고~ 엄마, 아빠 속도 모르고 털 고르고 있으면 어떡해! 이리 와 치즈야~ 집에 가야지."

"그래 치즈야, 주변에 까치도 있고, 까마귀도 있잖아! 저놈이 세상 무서운 줄 모르네…."

"짹짹! 까치? 까마귀? 그게 뭐지? 먹는 건가?"

태연하게 구는 나를 보며 엄마, 아빠는 이내 더 다급해진 것 같아 보인다. 얼마나 또 시간이 흘렀을까. 사람들은 내가 신기한지 삼삼오오 모여서 구경 중이다.

"어머~ 저기 파란 새가 있어. 파란 새는 동화책에만 있다고 생각했는데…. 신기하네."

한편 엄마, 아빠는 다급하게 여기저기 전화를 하기 시작했다.

"여보세요~ 거기 파출소죠? 지금 여기가 대공원인데, 저희가 키우는 새가 나무 위로 날아가서요…. 혹시 사다리 좀 빌릴 수 있을까요?"

(아이고, 새가 어쩌다 날아갔대요~ 오셔서 가져가세요.)

"그런데 거기 위치가 어떻게 되죠? 네? 여기서 20분 거리라고요? 아, 네…. 알겠습니다."

엄마, 아빠가 나를 엄청 애타게 기다리는 듯한데 이제 슬슬 내려가 볼까? 아…. 근데 여기 생각보다 너무 높아. 나 어떻게 올라왔지? 내려가는 법을 모르겠어…. 힝….

“사다리는 빌려줄 수 있다는데 와서 가져가라고 하시네. 이를 어쩌지?”
“파출소가 어딘데? 그걸 어떻게 혼자 들고 와~. 그동안 치즈는 어떡하고.”
“여기서 파출소까지 뛰어가도 15분은 걸려. 거기서 사다리를 들고 오려면…. 어이쿠, 불가능하겠네.”

걱정이 되어 입술만 잘근잘근 깨물던 아빠가 이내 결심한 듯 말한다.

“여보, 그냥 내가 나무를 타 볼게.”
“응? 저 높은 나무를 탄다고? 여보, 나무 탈 줄 알아?”
“아니 못 타, 근데 지금은 그게 중요한 게 아니니까 일단 시도해 볼게. 중간 정도까지만 올라가서 밀렛으로 치즈를 꼬셔보지 뭐~ 어쩔 수 없잖아.”

일평생 나무 타기 한번 해 본 적 없는 아빠가 나를 위해 나무를 오르기 시작했다. 중간쯤 올라왔을까…. 나를 향해 아빠는 밀렛을 흔들기 시작한다.

“엇, 내가 좋아하는 밀렛이다! 짹짹!”

밀렛을 먹기 위해 고개를 내민 순간, 아빠는 나를 향해 손을 뻗었다. 푸

외출금지 당하기 전
마지막 자유

드드득~ 깜짝 놀란 나는 일단 피하기 위해 도망을 쳐 보지만, 아빠는 기지를 발휘해 내 발목을 잡고야 만다.

"아빠! 내 발목 아작 난단 말이야. 짹짹!"
"휴…. 잡았다…."
"여보, 수고했어 진짜~ 하…. 진짜 진땀 빼게 한다. 이놈의 시끼…."
"아, 진짜 식겁했네! 김치즈, 넌 오늘부로 외출금지야. 그리고 넌 이제부터 시방'새'야!"

시방'새'? 그게 뭐지…?

여하튼 그 길로 난 집에 돌아왔고, 그날부터 몇 달간은 외출할 수 없게 되었다는 슬픈 이야기….

P.S. : 플러스, 이날 이후로 집에서 내가 사고를 칠 때마다 엄마, 아빠는 나를 '시방새'라고 부른다. 당최 무슨 뜻인지는 모르겠지만 애증이 담긴 별명인 것 같다. 오늘도 여전히 나는 엄마, 아빠의 시방'새'다.

새장 안에서의 끔찍했던 기억

여느 날과 다름없이 엄마, 아빠는 날 두고 출근을 했고, 나는 거실에 내리쬐는 따사로운 햇살을 즐기며 혼자 놀기의 진수를 보여주고 있었다.

엄마가 챙겨주고 간 밥 외에도 틈틈이 간식을 먹으며 장난감을 가지고 놀다가 지칠 때쯤…. 얼마 전 엄마가 앵무새용 포치를 사주는 대신 임시방편으로 '다있오'에서 사온 바구니를 개조해 만들어 준 침대가 눈에 띄었다.

아주 푹신푹신하진 않지만 바구니의 아랫부분을 뚫어서 옆으로 뉘운 형태로 꼬리가 긴 내가 들어가기에 아주 적격인 그런 둥지 같은 침대. 덕분에 요즘 그곳에 들어가서 숙면을 취하곤 하는데, 동굴과 같아서 밤에는 잠이 잘 올 뿐만 아니라 겉 부분이 천으로 덮여 있어 낮에는 내가 갖고 놀기에 아주 제격이다.

무엇이든 뜯고 봐야 직성에 풀리는 나는 이내 침대 천에 꽂혔고, 엄마, 아빠를 하염없이 기다리며 천을 뜯기 시작했다. 실이 쭉쭉 풀리며 내 스트레스도 같이 풀기를 한참, 얼마나 지났을까. 실이 꽤 많이 풀려 있었고 내 다리에도 칭칭 감겨 있었다. 이젠 뜯기를 그만하고 밥이나 먹을까 싶어 빠져나오려는 순간 아무리 발버둥을 쳐도 빠져나오긴커녕 되려 실이 발에 엉킬 대로 엉켜버렸다.

헐…. 어떡하지? 엄마, 아빠 오려면 한참 멀었는데…. 당황하면 할수록 실은 내 발을 올무처럼 죄여 왔고, 발은 이제 실에 꽁꽁 묶여 피도 통하지 않았다.

훌쩍 훌쩍…. 거기 누구 없어요? 치즈 좀 살려주세요…. 움직일 수가 없어…. 배가 너무 고파요…. 엄마! 아빠! 언제 와, 힝….

허공에 매달려 있길 몇 시간….
띠~띠~띠~띠~띠~
엇, 엄마, 아빠다! 짹짹…. 엄마, 아빠….

“치즈야~ 엄마 왔어! 잘 놀고 있었어? 어? 치즈 목소리가 이상한데?”

평소 내 작은 변화도 금세 알아차리던 엄만 평상시와 다른 내 ‘짹’소리가 이상했는지 이내 걱정스러운 발걸음으로 나에게 다가왔다.

“헐, 어떻게 해 여보! 큰일 났어, 빨리 와봐. 치즈가…. 치즈 다리에 실이 묶여있어!”
“뭐라고? 잠시만!”
“가위, 가위 어디 있지?”

아빠 역시 후다닥 뛰어왔고, 상황 파악이 된 엄마는 급하게 가위를 찾아 내 발에 묶인 실을 끊어주었다.
몇 시간 만에 실에서 해방이 된 나는 살았다는 기쁨보다 아까부터 너무너무 허기졌던 배를 채우러 감각조차 없는 한쪽 다리를 쩔뚝거리며 밥그릇을 향해 걸어갔다.

“하…. 어떡해…. 치즈 다리가 팅팅 부었어 엉엉…. 근데 그 와중에 밥 먹으러 가고 있어…. 아… 몇 시간을 저러고 있었던 거지? 아 어떡해…. 아직 동물 병원 열었나? 빨리 동물 병원에 전화 좀 해 봐, 여보….”

"하…. 치즈 괜찮겠지? 응, 여보. 바로 전화해볼게. 잠시만~."

(통화 중)

"여보, 동물병원 진료 시간 끝났고 원장님도 좀 전에 퇴근하셨는데, 치즈 얘기 들으시더니 다행히 다시 오신다고 우리도 출발하래. 빨리 챙겨서 가자!"

"응, 다행이다! 여기서 얼마나 걸리지? 한 시간이면 되려나? 빨리 가자."

그렇게 나는 엄마 품에 안겨 차를 타고 어딘가로 향했다. 평소보다 빠른 속도로 주행하는 차 안에서, 오늘 거의 반나절은 굶은 나는 울먹거리는 엄마의 목소리를 들으며 내내 밥을 먹었다.

어느덧 병원에 도착하고, 의사 선생님이라고 불리는 흰 가운을 입은 아저씨가 날 이상한 방에 데리고 갔다. 배고픔이 가시자 느껴지기 시작한 통증으로 난 아파 죽겠는데, 의사 아저씨는 나를 차가운 바닥에 고정시키고 자꾸 사진을 찍기 시작한다.

"선생님, 치즈 상태 괜찮나요? 발은…. 앞으로 쓸 수 있나요?"

"천만다행입니다. 조금만 늦었어도 다리를 절단해야 할 뻔했어요. 다행히 보호자분께서 보시자마자 실을 풀어주셨고, 바로 병원으로 오신 덕분에 치료는 가능할 것 같아요. 대신, 앞으로 한 달간 치즈가 다리를 움직일 수 없도록 새장 대신 리빙박스에서 지내게 해주세요. 염증약이랑 체내 순환을 돕는 물약 등 몇 가지를 처방해 드릴 테니 앞으로 며칠간은 한 시간에 한 번씩 꼭 먹이시고요. 당분간 치즈 옆에서 계속 지켜봐 주세요. 병원은 한 주에 두 번씩 오셔서 상태 확인하셔야 해요."

"아, 그럼, 치료만 잘 하면 다리 완전히 낫는 거지요? 감사합니다, 정말 감사합니다."

엄마, 아빠는 후유 하고 가슴을 쓸어내리며 나를 데리고 병원을 나섰고, 집에 오자마자 새장보다 좁디좁은 반투명한 박스에 숨구멍을 뚫더니 그 안에 날 넣었다.

엇, 뭐야! 여긴 내 집이 아니잖아. 엄청 갑갑해….

"치즈야, 너 이제부터 당분간은 여기에서 지내야 해. 답답하더라도 이렇게 해야만 빨리 낫는대. 어서 나아서 다시 건강해지자. 알았지? 엄마, 아빠가 너 때문에 걱정되어서 죽을 뻔했어. 이 사고뭉치야!"

리빙박스 안은 생각보다 너무 갑갑하고, 답답하고, 좁았다. 엄마, 아빠! 나 여기서 나가게 해줘! 짹짹! 답답하단 말이야!

미션 임파서블! 특명 2 - 리빙박스를 탈출하라!

스트레스를 받아서 바닥에 깔린 신문지를 다 뜯어놓고, 엄마가 넣어준 밥그릇과 물그릇을 종종 엎어 버리고, 호시탐탐 엄마, 아빠가 뚜껑을 열 때만을 기다리며 탈출의 기회를 엿보기를 며칠….

내가 걱정되고 불안했는지 하루는 엄마가, 또 하루는 아빠가 회사를 가지 않고 내내 내 옆을 지켰다. 회사를 가는 날에는 점심때 잠깐 와선 우웨에에엑 생각만 해도 맛없는 약을 먹이고 가곤 했다.

쓰디쓴 약을 먹지 않겠다고 버티는 나와 굴하지 않고 먹이는 엄마, 아빠와의 실랑이를 며칠, 지옥 같은 리빙박스 안에서의 생활을 몇 주, 흰 가운을 입은 아저씨를 몇 차례 보길 반복한 끝에 내 다리도 서서히 아물기 시작했고, 이제 난 다시! 힘차게 걷고 날 수 있게 되었다.

대부분의 동물들이 그러하듯, 나와 같은 새들은 야생에서 수많은 포식자들로부터 늘 생명의 위협을 받는다. 아파 보이는 새가 가장 먼저 천적의 먹잇감이 되기 때문에 우리들은 아파도 본능적으로 이를 숨기곤 한다. 또한, 체구가 작은 만큼, 병의 악화도, 회복도 매우 빠른 속도로 진행된다. 이에, 우리 엄마, 아빠는 늘 나를 유심히 관찰하려고 한다. 그리고 이번에도 위기에 빠진 나를 제때 발견해 골든타임을 놓치지 않고 잘 치료해 준 덕분에 난 다시 건강해질 수 있었다.

엄마는 이때만 생각하면 늘 눈물이 난다고 아빠에게 말한다. 그날, 병원 가는 길에 정신없이 밥을 먹으면서도 울먹거리며 나를 위해 기도하던 엄마의 모습을 보았던 게 아직도 잊히지 않는다. 그만큼 나를 사랑해주는 엄마, 아빠의 마음이 느껴졌기 때문이다.

엄마, 아빠. 걱정시켜서 미안해. 짹짹! 치즈 앞으로는 건강할게! 너무 걱정하지 마요!

약 안 먹으면 안 될까요 제발…. 치즈 아련

9화

나의 뛰어난 기억력

너의 기억이 날 찾아오듯
우리의 기억이 널 찾아가길…

이왕이면
파스텔 빛깔 몽글몽글한 기억들로만
찾아가길 바라

새대가리라고? 흥!

내가 가장 싫어하는 말이다. 어쩜 그렇게 몰상식한 말을 할 수 있는 거지?

뒤늦게 알게 된 사실이지만, 인간 세계에서는 기억력이 좋지 않은 사람을 가리키며 '새대가리'라고 한다는 것을 알고 충격에 빠진 적이 있다. 영어로도 똑같은 표현이 있다며?

'새대가리'라는 표현이 이처럼 국제적으로 통용되었다니…. 내가 '새'라는 것이 참 개탄스럽다.

하지만! 이는 단언컨대, 결코, 네버, 절대! 사실이 아니다. 나를 포함한 앵무새 대부분은 기억력이 매우 좋다. 기억력이 좋은 것은 물론, 한 번 경험한 것을 잘 잊지 않는 습성을 지니고 있다.

그래서 엄마, 아빠한테 크게 혼나 영혼이 탈출한 기억, 크게 다쳐 영정 사진과 마주할 뻔한 기억, 눈이 뒤집힐 정도로 맛있는 음식을 처음 접한 기억 등은 평생 기억 속에 남아 있다.

물론 나도 예외는 아니다. 엄마, 아빠의 가족이 된 지 얼마 되지 않았을 무렵, 엄마가 나한테 장난을 친다고 집에 있던 앵무새 모형을 가지고 와선 내 앞에서 그 인형을 쓰다듬으며 "아이고 예뻐!"라고 한 적이 있다. 세상에 저 표현은! 나한테만 해야 하는 건데! 생긴 것도 나보다 못생긴 저 자식한테 예쁘다고 하다니! 처음 보는 놈 같은데, 어디가 나보다 더 예쁘다는 거지?

엄마도 밉고, 저 자식은 더, 더, 더 얄밉다. 그래서 본격적으로 하악질을 하며 놈을 공격했다. 엄마는 이 상황을 즐기는 듯, 찰칵찰칵 소리를 내며 네모난 것으로 촬영을 하더니 곧바로 나를 달래 주었다. 흥! 나 완

전히 '새'삐졌다구!

정말 분하기 그지없던 기억이다. 그 후로 나는 우리 집에 있는 모든 인형이 '새'싫다. 어렸을 때의 기억이지만 아직도 인형만 보면 분노를 참을 수 없다. 특히나 "음메에~"하고 소리를 내는 '소'라고 하는 인형은 내가 아주 극.혐.하는 것이다. "음메에~"하는 소리만 났다 하면 난 거의 발작을 하며 "꽤~액!" 소리를 지르곤 한다. 엄마, 아빠의 관심과 사랑은 오직 나만이 받을 수 있다!

이렇듯, 나는 퀘이커 중에서도 아주 영특한 편에 속해서 기억력이 유독 뛰어나다. (물론 내 개인적인 생각이기에 과학적으로 검증된 것은 아무것도 없다.)

그래서인지 엄마, 아빠가 외출하고 돌아와서 나를 새장에서 꺼내기 전에는 항상 손을 씻는다는 것을 알고 있다.

“여보, 치즈 만지기 전에 손 씻었지?”

물론 나는 그들의 대화를 듣지 않아도 쉽게 알아차릴 수 있었다. 나를 만지는 엄마, 아빠의 손에는 항상 물기가 묻어 있었기 때문이다.

“짹짹! (내가 이 정도로 머리가 좋다니까!)”

나의 명석함은 관찰력에서도 돋보인다. 엄마, 아빠가 새장 문을 열고 나를 꺼내는 과정을 유심히 보면서 엄마, 아빠가 없을 때 탈출 방법도 깨우쳤다. 물론 지금은 힘이 많이 부족해서 방법을 알아도 탈출이 어렵지

쫀 거 아니다. 겁만 났을 뿐…

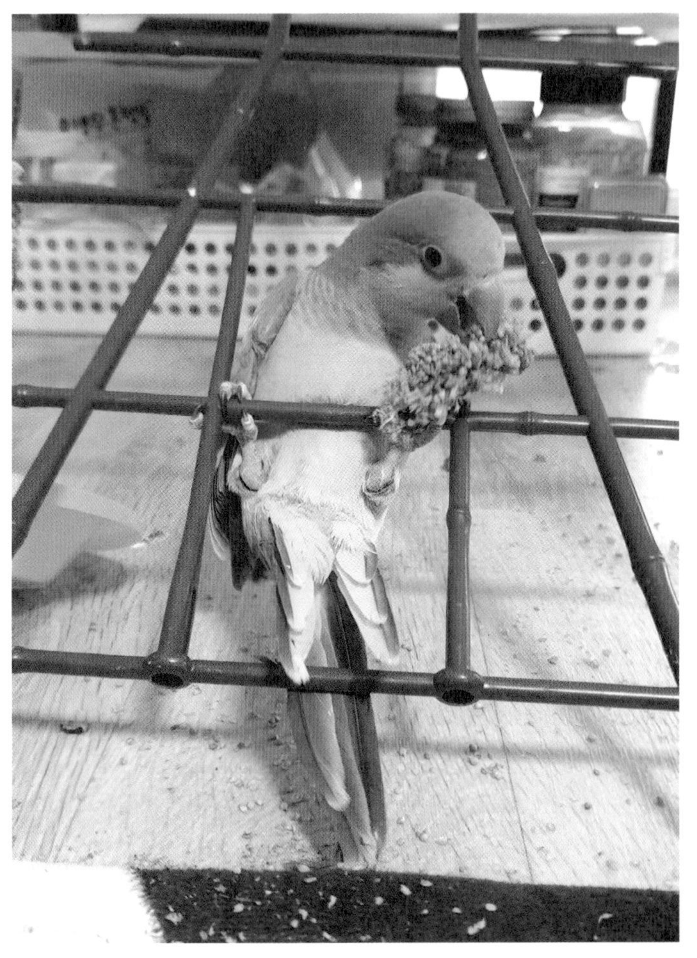

백만스물하나, 백만스물둘~

비장의 무기 '아가짓' 받아랏!

만, 조만간 꼭 탈출을 시도해보리라. 탈출할 힘을 키우기 위해 나는 밥을 먹는 와중에도 탈출 훈련에 매진한다.

이뿐만이 아니다. 내가 어떤 행동을 하면 엄마, 아빠가 특히 나를 더 좋아하는지도 이미 파악이 끝났다. 기분이 좋아서 털을 한껏 부풀릴 때, 그리고 일명 '아가짓'이라고 하는 행동(제자리서 날개를 푸드덕하는 퀘이커 특유의 행위)을 할 때 엄마, 아빠가 유난히 더 좋아한다는 사실을 매우 잘 기억하고 있다.

나는 사람들의 언어도 상당히 잘 기억하지만, 아직 말로 표현할 수 있을 정도의 능력을 갖추지는 못했다. 내가 나중에 말까지 잘 따라 하는 날이 와서 화들짝 놀라 껌뻑 죽는 엄마, 아빠의 모습을 보고 싶다.

10화

혼자서도 잘해요 (부제 : 목욕)

혼자 목욕하는 거~

어렵지 않아요!

그까이꺼~

대충 하믄 되지!

물론 나는 지구상의 반려동물 중 귀여움으로 우리 앵이들을 따라올 수 있는 동물은 없다고 확신하지만! 아직까지 사람들이 가장 많이 키우는 반려동물은 댕댕이나 냥냥이고, 그들과 나에겐 공통점이 있다.

바로! 꼬순내가 난다는 거다.

댕댕이나 냥냥이 발바닥에서 나는 꼬순내는 중독성이 강해서 집사들이 그렇게 킁킁거리며 냄새를 맡는다는데, 우리 엄마, 아빠는 나에게도 꼬순내가 난다며 늘 배나 목덜미, 겨드랑이에 코를 들이대고 냄새를 킁킁 맡곤 한다. 하루에 한 번씩은 꼭 내 몸에 코를 파묻고 마치 갓 내린 커피 향을 맡듯 킁킁대서 정말이지 귀찮을 정도라니깐? 이게 바로 말로만 듣던 1일 1킁?

그러다 가끔씩 내가 목욕을 하고 나면 청국장 냄새가 난다며 엄마, 아빠는 몸서리를 친다. 나는 청국장이라는 것을 먹어본 적은 없지만 내 몸에서 나는 향기와 비슷하다고 하니 대략 그 맛을 알 것 같기도 하다. 아마도 엄청 꼬숩고 구수하고 진한… 그런 맛이지 않을까?

엄마, 아빠를 따라온 지 얼마 되지 않았을 때에는 스스로 목욕을 하기엔 너무 어려서 거의 목욕을 하지 않았다. 우리 앵이들은 사람과 달리 귓바퀴가 없고 눈 바로 아래쪽에 동굴 같은 귓구멍만 존재하는데, 이 귀는 매우 소중해서 자칫 잘못해 물이 들어가게 되면 죽을 수도 있다. 그래서 엄마, 아빠는 나를 강제로 목욕시키진 않지만 꼬순내가 청국장 냄새에 가까워질 때쯤이면 참을 수 없었는지 조심스레 스프레이 분무기로 물을 뿌려 주었고, 난 하늘에서 떨어지는 수돗물을 마시는 것으로 목욕을 대신하곤 했다.

그렇지만 이젠 클 만큼 컸고(사실 태어난 지 서너 달 이후부터 더는 자라지 않는다는 사~실은 안 비밀!), 스스로 목욕하는 법도 터득했기에 물이 있는 곳이라면 혼자서도 잘 씻는다. 앵이마다 좋아하는 목욕 스타일이 있겠지만, 나는 얼마 전까진 엄마가 내 집 안에 놓아준 작은 욕조에서 퐁당거리며 목욕을 했고, 그때보다 조금 더 성장한 지금은 엄마, 아빠가 물을 쓰는 소리가 나면 쪼르르 달려가 싱크대나 세면대에서 목욕을 하곤 한다.

엄마, 아빠는 내가 씻는 모습을 보며 마치 고양이 세수를 하는 것 같다고 놀려대지만, 물에 들어가 퐁당퐁당거리며 목욕을 하고 나면 정말이지 몸과 마음에 낀 때가 씻겨 내려가듯 그렇게 상쾌할 수가 없다.

부리와 발만 빼고 온몸을 뒤덮고 있는 털 때문에 가만히만 있어도 찜찜한 여름철에는 2~3일에 한 번꼴로 씻지만, 날이 추운 겨울철엔 일주일에 한 번 정도 씻곤 한다. 햇살이 워낙 좋아 잠시만 있어도 뽀송뽀송 털이 마르는 여름과 달리 겨울엔 추워서인지 행여 감기라도 걸릴라 엄마, 아빠는 늘 내가 목욕을 하고 나면 드라이로 말려 준다. 혹시라도 뜨거울까 약한 바람으로 그것도 멀찍이 30cm쯤 떨어져서 바람을 쐬어줄 때면 그게 그렇게 노골노골하니 좋을 수가 없다. 오죽하면 예민 그 자체인 내가 눈을 감고 졸 정도라니까?

이제 이 글을 읽고 계신 팬분들과 많이 친해진 것 같으니 나의 초특급 비밀을 한 가지 풀려고 한다. 그전에!

이 비밀을 알고 나서 절대 실망하지 않을 것!

그리고 내 소중한 비밀을 지켜줄 것!

이 두 가지를 꼭 지켜주셔야 한다. 지켜주실 수 있죠? 짹짹!

비밀이 무엇이냐고 물으신다면… 딱히 말을 하지 않겠다. 바로 사진으로 공개를 하고자 한다.

잠깐! 심호흡 한번 하고! 후…. 준비 완료! 하나, 둘, 셋! 짠!

물에 빠진 생쥐… 아니 치즈 꼴

그렇다. 나는 씻고 나면 조금 못생겨진다. 엄마, 아빠는 내가 물에 빠진 생쥐가 되었다고 깔깔거리며 비웃지만! 내 팬 여러분은 안 그러겠지? 솔직히 웃으면 안 되는 게 여러분도 옷발, 머리발, 화장발, 사진발…. 온갖 '발'을 가지고 있는 거 다 안다. 나도 똑같이 털발을 가지고 있는 것뿐이라고. 찍찍!

여하튼, 조금 부끄러운 나만의 비밀을 살짜쿵 공개했는데, 약속대로 비밀 지켜주실 거죠? 찍찍!

11화

산책의 즐거움 (부제 : 핵.인.싸. 되기)

너와 함께 하는 산책길은

우리에게 인싸의 길을 열어주었다

마치 드라마의 한 장면처럼

넌 주인공, 우리는 조연

야호! 오늘은 산책하러 가는 날!

사람도 그렇고, 강아지 같은 반려동물처럼 앵무새도 비타민D를 얻기 위해 주기적으로 광합성을 해 줘야 한다. 새도 촉촉한 대지, 따뜻한 햇볕, 싱그러운 바람과 풀잎 향기를 고스란히 몸으로 느끼고 싶어 한다. 물론 나도 예외는 아니다.

바람이 덜 불고 날씨가 맑을 때면 엄마, 아빠와 산책하러 나가곤 하는데 나는 그 시간이 그렇게 좋을 수가 없다. 맨날 집구석에만 있다가 가끔 엄마, 아빠와 산책할 기회가 있으면 콧노래가 절로 나온다.

"아이고, 예뻐!"

"치즈 예뻐!"

"뿌꾸빠~ 뿌꾸빠~"

"안니옹~안뇽~"

"짹짹~!"

(치즈 방언 터짐 주의)

나는 어느덧 엄마 품속에 파묻히고, 아빠는 내가 먹을 밥과 물을 챙긴다.

그러고 보면 참 세심하다. 어떤 상황에서도 내 밥과 물은 꼭 챙기는 엄마, 아빠의 모습을 보고 '이게 부모의 마음이구나, 집사의 마음이구나.'라는 것을 절실히 깨닫는다.

생각에 잠기다 보면 나는 어느덧 나갈 준비 완료!

물론, 가끔 이렇게 하네스를 착용하거나 옷을 입기도 하지만, 답답한

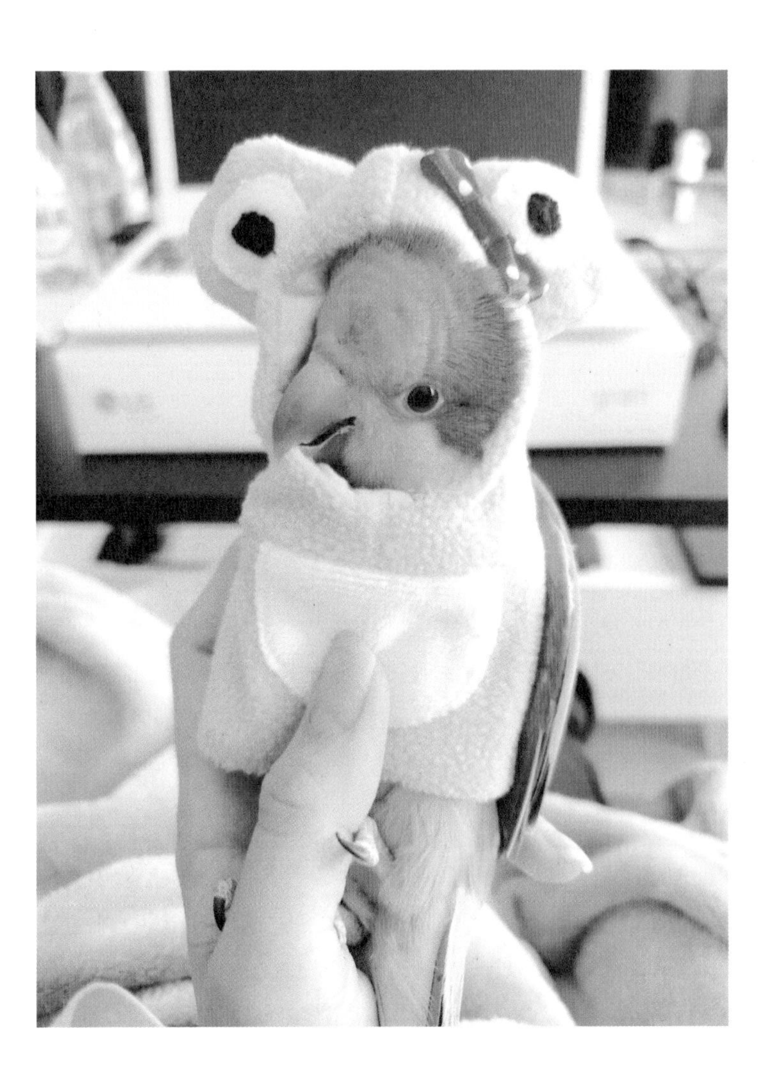

나는 이내 벗어버린다. 무언가를 입으면 로봇이 된 것처럼 몸이 뻣뻣해지고 답답해서 안절부절못한다. 표정 관리가 안 되는 것을 엄마, 아빠도 기가 막히게 알아차리고, 그저 웃곤 한다.

보다 못한 엄마, 아빠도 내가 답답해 보이는지 옷 입히는 것을 포기하고 엄마 옷 속에 나를 묻어 버린다. 엄마 품속에 파묻히더라도 나는 그 속에서 꼼지락거리고 짹짹 소리도 내고 그런다. 치즈는 장소를 불문하고 할 거 다 한답니다. 그리고 엘리베이터를 타고 내려가면 나는 비로소 진정한 의미의 광합성을 하게 된다.

(엘리베이터 안)

"앗싸! 신난다 짹짹!" (치즈 신남)

아주머니 1 : "어머~ 이게 무슨 소리인가요?"

아주머니 2 : "어머, 엘리베이터 안에 새가 있나?"

"아, 이거 제가 키우는 새에요, 보여드릴게요."

아주머니 1, 2 : "어머 세상에, 새가 파란색이네? 앵무새인가? 말해요?"

"원래 잘하는데 다른 사람들 앞에서는 이상하게 잘 안 하더라고요."

사람들과 마주할 때는 늘 비슷한 형태의 레퍼토리가 반복된다. 다들 나를 귀여워하는 것과 동시에 말을 구사할 줄 아느냐고 물어본다.

"무슨 말 할 줄 알아요? 이름이 치즈라고요? 치즈야 '안녕'해 봐."

"그만 좀 시키란 말이야. 짹짹!"

얼마 만에 하는 광합성인지!

나의 뛰어난 언어 구사력을 다른 사람한테 보여주면 계속 시킬 거라는 것을 잘 알기에 밖에 나가면 바로 '침묵모드'로 돌변한다. 난 오직 엄마, 아빠 앞에서만 말을 한다. 엄마, 아빠, 나 잘했지?

그래도 확실한 것은 내가 정말 귀엽긴 한가 보다. 다른 사람한테도 사랑받는 느낌…. 겪어보지 않으면 모른다니까?

집 앞에 있는 공원을 거닐 때면 아주 잠깐이지만 나는 엄마나 아빠 손 위에 쥐어지거나 어깨에 올라타 바깥세상을 만끽한다. 때론 품속에 파묻혀 고개만 빼꼼 내밀어 구경하기도 한다.

여하튼 나는 날아다니는 새도 보고, 저 높이 뜬 뭉게구름도 보고, 활짝 만개한 꽃잎들도 본다. 그런데 내 눈에 가장 신기해 보이는 것은 나를 너

※ 위 사진은 순간을 포착한 연출된 사진임을 밝혀둡니다.

무나도 신기한 눈빛으로 쳐다봐주는 사람들이다.

내가 한 일이라고는 그냥 아몬드를 까먹고, 노래를 부른 것밖에는 없는데 어느덧 하나둘씩 모여들어 나에 대해 이것저것 물어본다.

"어머, 이거 무슨 새에요? 앵무새인가?"

"새가 파랗네?"

"어머, 예쁘다."

물론, 나도 내가 귀엽고 예쁘고 매력이 넘친다는 사실을 잘 알고 있다. 하지만, 동시에 바깥에도 이미 다른 새들이 많은데 내가 그렇게 신기한가 하는 생각도 든다. 어쨌든 기분은 매우 좋다. 사람이든 새든 본인을 예뻐해 주는 사람을 마다할 이유는 전혀 없지 않은가.

산책 그 자체도 힐링이 되지만 많은 사람한테 사랑받는 이 느낌도 너무 좋다. 엄마, 아빠, 나 좀 자주 데리고 나가주세요.

엇! 그런데 이상하다. 나는 분명 새인데 왜 날고 싶지가 않지?

잠깐!

혹시나 하는 마음에 독자분들께 말씀드리는데요. 엄마, 아빠도 처음이다 보니 하네스 교육에 실패해 저를 품속에 넣거나 이동 가방에 넣는 방식으로 외출을 하고 있어요. 그래서인지 외출 시 제가 날아가 버릴까 봐 극도로 경계하는 엄마, 아빠의 모습을 종종 보곤 합니다. (저 역시 탈출 시도 전적이 있기에 한동안 외출금지를 명 받은 적 있는 앵이입니다.) 그렇기 때문에 앵이랑 산책할 때는 가급적 '하네스' 착용을 추천합니다. 참고로 '하네스'란 산책할 때 저 같은 반려동물을 잃어버리지 않도록 고정하는 분실방지 줄을 뜻합니다. 앵이들은 소리에 민감한 동물이라 예측하지 못한 상황과 소리에 마주했을 때 날아가 버려서 주인을 잃어버릴 수가 있거든요. 윙컷(wing-cut)을 했다고 하더라도 바람이 불면 그 바람을 타고 훽 날아가 버릴 수 있고, 혹여나 고양이나 야생의 새들로부터 공격을 받을 수도 있어요. 앵이 입장에서는 하네스가 불편해서 몸부림치는 경우가 있는데, 그래서 아주 어렸을 때부터 자연스레 습관을 들인 후 외출 시 꼭 착용하는 것을 권합니다. (물론 사자나미, 사랑앵무 등과 같은 너무 작은 종의 앵무새들은 착용하면 안 됩니다.) 잘못하면 주인과 앵이가 영영 이별할 수도 있습니다. 사고는 한순간에 일어납니다.

12화

내 영역은 내가 지킨다

지구를 지키는 '지구방위대',

한국을 지키는 '육해공군',

우리 동네를 지키는 '자율방범대',

그리고 내 집은 내가 지킨다!

'치즈 지킴이'

엄마, 아빠와의 생활에도 어느덧 익숙해진 즈음, 이제 나도 머리가 클 만큼 컸다. 훗, 어른이 되어 가고 있다고!

종마다 다르지만, 나 같은 퀘이커의 경우 보통 1~2살 정도가 되면 성(性) 성숙기가 찾아온다. 백 퍼센트 확정 지을 순 없지만 보통 나보다 훨씬 작은 친구들은 더 빨리 찾아오고, 나보다 큰 친구들은 늦게 찾아오곤 한다.

새.춘.기. 혹은 앵.춘.기.라고 부른다지 아마?

엄마, 아빠는 나를 보고 중2병에 걸렸다고 한다.

그래서일까? 지난번 나무에서의 사고를 시작으로 요즘 들어 자꾸 나를 보고 시방'새'라고 부른다.

시방'새'가 뭐지? 뭔가 어감이 귀여운데….

나 예쁘다는 건가? 어제도 예뻤고, 오늘도 예쁘고, 내일도 예쁠 건데 뭘 새삼스레 그런 별명까지….

…라는 생각을 한 것도 잠깐!

몇 주 듣다 보니 항상 뭔가 내가 사고를 칠 때 이 말을 한단 말이지…. 역시 눈치가 3단인 나는 이 말이 좋은 말이 아니라는 사실을 깨닫게 되었다. 엄마, 아빠 말로는 욕을 한 건 아니고 '지금'을 뜻하는 '시방'이라는 말에 내가 새니까 '새'를 합치면 입에 착착 달라붙기 때문이라지만 그래도 너무한 거 아냐? 흥.칫.뿡!

물론, 예전보다는 엄마, 아빠에 대한 반항심이 부쩍 심해진 건 사실이다. 엄마, 아빠가 늦게까지 잠을 자는 경우에는 심술이 나서 손가락을 콱! 물어버리기도 하고, 때때로 온 동네가 떠나갈 듯 소리를 빽빽 질러대서 결국 엄마에게 혼이 나기 일쑤니까…. 물론 잡힐 때도 예전처럼

치즈 혼나서 숨어있는 중

고분고분하지 않고, 엄청 대들다 엄마 손에 상처를 입힌 적도 꽤 있다.

내 입으로 말하고 보니, 꽤 시방'새'같긴 하네…. 엄마, 아빠 미안, 사랑해♥

여하튼, 엄마, 아빠 말대로 중2병에 걸린 나는 요즘 들어 내 구역에 대한 집착이 심해졌다. 원래 나 같은 퀘이커들은 공동 주택을 지을 만큼 뛰어난 집짓기 본능이 있어서 앵무새계의 건축가라고 불린다지? 헷.

하지만, 이미 자가를 2채나 보유하고 있는 나는 굳이 집을 지을 필요를 못 느꼈다.

대신! 몇 달 전부터 아빠가 공부하는 서재 안 책장 한 칸을 점령하기 시작했다. 그 안에는 농구를 좋아하는 아빠가 여행 가서 사 온 애지중지하는 농구화가 있는데, 매일 거기에 치즈 꺼♥ 하고 똥을 뿌지직뿌지직하고 싸놨더니만, 아빠가 마음 아파하며 내게 양보해 주었다. 히히.

게다가 혼자 있고 싶을 때마다 책장 속에서 놀고, 노래 부르고, 잠도 자

고 했더니 엄마가 담요로 커튼도 만들어 주고, 나 춥지 말라고 바닥에는 담요와 찜질팩으로 매트리스까지 깔아 주어 더없는 나만의 공간을 가지게 되었다. 엄마 최. 오.♥

한창 사춘기 시절을 보내고 있는 사람 학생이 본인만의 공간을 소중히 여기는 것처럼, 나 역시 혼자만의 공간이 더없이 소중하다. 그래서 누군가 나의 영역에 침범하는 것을 극도로 싫어하지. 그게 설령 엄마, 아빠일지라도.

그래서 엄마, 아빠가 나만의 아지트에 손을 넣을라치면 난 극도로 흥분해서 엄마, 아빠를 쫓아가 응징한다. 엄마, 아빠! 나도 이제 클 만큼 커서 나만의 공간이 필요하다구욧!

아까도 얘기했지만, 우리 엄마는 늘 입버릇처럼 날 시방'새'라고 부르며 잘못 키웠다고 말한다.

틀린 말은 아니다.

나는 나와 같은 새가 아닌, 엄마가 나의 반려자라고 생각하기 때문이다. 엄마를 너무나도 사랑한 나머지 내가 먹은 걸 꿀렁꿀렁 토해주기도 하고, 이건 정말 정말 비밀인데… 가끔 야릇한 생각이 날 때면 엄마 손등에 엉덩이를 치켜들고 부비부비하기도 한다. 부끄럽긴 하지만… 남자라면… 누구나 공감하지 않나요?

여하튼… 나의 부비부비 행동에 초큼 당황해하는 엄마, 아빠는 그럼에도 불구하고 나를 여전히 예뻐하지만 뭔가 결심한 듯 특단의 조치를 취하기로 한 것 같다.

13화

소개팅하는 날

'떠날 때를 아는 사람의 뒷모습은 얼마나 아름다운가?'

넌 아직 떠날 준비가 안 되었구나

그럼, 아직 못생긴 걸로 하자!

엄마, 아빠가 나에 대해 늘 걱정하는 한 가지가 있다. 바로 사회성이다. 사람에게도 사회성이 매우 중요하듯 앵이 세계에서도 사회성이 중요하지만 나는 그딴 거 없다. 솔직히 새보다 엄마, 아빠 같은 사람들이 훨얼씬 더 좋다. 그래서 새는 피해도 사람은 피하지 않는다. 사람 목소리는 따라 하더라도 새소리는 잘 따라 하지 않는다. 그런 나를 엄마, 아빠는 늘 걱정의 눈초리로 쳐다본다.

"우리 치즈도 짝을 만나 사랑도 좀 하고, 사회성도 길러야 하는데 큰일이야."

"그러게 말이야. 얘는 자기가 사람이라고 생각하는 거 같아."

"우리가 잘못 키운 탓이지 뭐. 얘 어릴 때 자주 친구를 만나게 해줬어야 했는데 바쁘다는 핑계로 못 데리고 다녔더니…."

임마, 아빠는 걱정하다 못해 가끔은 거울 앞에 나를 데려다 놓고 '치즈야, 너는 새다.'라고 세뇌한다. 그러다 새뇌 터질라…. 그래서인지 엄마, 아빠는 가끔 날 잡고 앵무새 친구들이 모여있는 버드샵에 나를 데리고 간다. 솔직히 나는 버드샵 가는 게 귀찮고, 가도 엄마, 아빠 어깨 위에서 놀기만 하지 별로 할 것도 없다. 그냥 오래간만에 나들이 간다 생각하고 따라갈 뿐이다.

그러던 어느 날, 버드샵에서 엄마, 아빠의 매서운 눈초리를 보게 되었다.

'엄마, 아빠가 오늘따라 왜 이러지? 상냥하던 모습은 온데간데없네?'

나중에 알고 보니 작정하고 내 짝을 만들어 주겠다고 결심한 것이었다. 졸지에 나는 예정에 없던 소개팅을 하게 됐다.

버드샵에 들어가자마자 나는 나와 비슷하게 생긴 새 한 마리와 소개팅 자리를 가졌다. 야속하게도 엄마, 아빠는 멀리서 바라만 볼 뿐, 곤경에 처한 나를 구해주려 하지 않았다. 하필이면 허공에 떠 있는 작은 원탁형 테이블에 둘만 덩그러니 방치된 상태라 답답함이 더 크게 느껴졌다.

"휴, 난 이런 상황이 너무나도 익숙하지 않아, 짹짹!"

게다가 사람들은 그렇게 귀엽다고 하는 그 새가 내 눈에는 전혀 귀여워 보이지 않는다. 내 눈에는 엄마, 아빠, 그리고 버드샵 손님들이 훨씬

왼쪽이 나다

더 예쁘고 멋져 보인다.

그나저나 소개팅 자리는 정말 견디기 힘들다.

"처음 뵙겠습니다. 이름이 어떻게 되세요? 저는 망고라고 해요. 우리 친해져 봐요."

나랑 비스름하게 생긴 여자 새가 자꾸 친해지자고 내 곁에 다가오는데 나는 여전히 익숙하지가 않다. 예쁜 것도 잘 모르겠고, 그렇다고 케미가 잘 통하는 것 같지도 않았다. 얘는 내가 뭐가 그렇게 좋다고 다가오는지…. 나는 눈길조차 주지 않았다.

'왜 새가 나한테 다가오지? 내가 새인가? 아, 나는 새가 맞지…. 맞나? 그런데 왜 엄마, 아빠는 사람인 거지? 나는 엄마 뱃속에서 나온 게 아니란 말인가?'

갑자기 정신이 혼미해질 정도의 혼란스러움을 느꼈다.

어쨌든 난 새는 싫다. 이 새를 조금만 더 피해 다니면 엄마, 아빠가 날 구해줄 거라고 굳게 믿고 버텼다.

첨엔 맘에 들었는지 자꾸 내게 다가오던 망고씨도 내가 대꾸조차 하지 않자 마음의 상처를 입었는지 결국 자리를 박차고 가 버렸다.

엄마, 아빠는 한참을 지켜보더니 결국 포기하고 내 곁으로 왔다.

"다른 새들은 짝도 잘만 만들어서 알도 낳고 그러는데, 치즈는 새를 거

들떠보지도 않네. 여보, 치즈는 그냥 사람인 거 같다."

"그래, 당분간은 포기하고, 사람이라고 생각하고 키우는 게 편하겠다."

오늘 소개팅은 보기 좋게 실패로 끝났다. 엄마, 아빠는 포기하지 않겠지만, 나 역시 물러서지 않겠다.

"난 짝 같은 거 필요 없어. 새도 싫고. 그저 엄마, 아빠만 있으면 된다고!"

나는야 엄마, 아빠 껌딱지!

14화

나의 언어 구사 능력

문학 분야에서 언어의 마술사를 꼽으라면
'시인'을 들 수 있지

그렇다면 조류 중에서 언어의 마술사는?
바로 너란다

우리나라 사람들이 가장 많이 쓰는 외래어는 무엇일까?
갑작스러운 퀴즈에 놀랐다고? 그래도 한 번 맞춰봐~.
아르바이트? 샌드위치? 커피? 모두 땡!

정답은 '스트레스(stress)'라고 한다.

저 멀리 있는 미국이라는 나라의 예일대 심리학과 존 바그 교수는 언어의 힘을 측정하기 위해 한 가지 실험을 했다고 한다. 비교군을 둘로 나누고 한쪽 집단에는 젊음과 관련된 낱말 카드를, 나머지 집단에는 노인과 관련된 낱말 카드를 보여준 뒤 걸음걸이를 측정하게 했다. 그 결과, 젊음과 관련된 낱말 카드를 본 사람들은 걸음이 2.46초 빨라졌고, 노인과 관련된 카드를 본 사람들은 반대로 걸음이 2.32초만큼 더 느려졌다고 한다. 이 실험을 통해 언어가 사람의 감정 변화와 행동에 영향을 미친다는 사실이 입증된 것이다. 짹짹! 나 좀 유식해졌지?

사람들이 긍정적인 말보다 부정적인 말을 더 잘 기억하듯, 우리 앵이들 역시 그렇다. 가끔 엄마가 해 주는 이야기를 들어보면 동물 병원에 가서 의사 선생님한테 욕을 하는 친구도 있다고 한다. (그 의사 선생님은 얼마나 당황하셨을까?) 아무래도 잔잔하고 단조로운 어투의 말보다는, 톤이 높고 발음이 센 말이 한 번 들었을 때 기억에도 오래 남아 빨리 배울 수 있기 때문이다.

다행히 나는 엄마, 아빠가 예쁜 말을 자주 해 준 덕분에 "아이고 예뻐~", "치즈 예뻐?" "치즈 똑똑해~" 등의 말을 잘 구사한다. 전에도 얘기했지만, 나는 중형 앵무 중 언어 능력이 가장 뛰어난 앵무새라고 자부한다. 마카우 종이나 회색앵무에 비하면 턱도 없지만, 크기도 앙증맞고 귀여우면서 이렇게 말을 잘하는 종은 퀘이커밖에 없을걸?

막 옹알이를 하던 나에게 '뿌꾸빠'라는 노래를 가르쳐 준 엄마, 아빠 덕분에 이제 나는 기분이 좋을 때면 "뿌꾸빠~ 뿌꾸빠~ 뿌꾸 뿌꾸" 같은 가사를 읊조릴 수 있게 되었다. 또한, 아침저녁으로 열심히 연습한 결과 "안녕?", "안녕하세요?"와 같은 인사는 기본, "엄마!", "빵! 따다다다다!(총 쏘는 소리)", "까꿍", "카톡~(메시지 알림음)", "하이, 빅스비~!", 그 외에 각종 효과음을 따라 할 수 있다.

참고로, 최근에는 엄마가 내게 '뽀뽀뽀' 노래와 '산토끼' 노래를 가르쳐 줘서 열심히 연습하고 있다.

전 세계적으로 유명한 천재 앵무 '알렉스'라고 들어보았는가? 짹짹! 이 회색앵무 형아는 안타깝게도 내가 태어나기도 훨~씬 전인 2009년도에 무지개다리를 건넜다는데, 150개 단어를 익히고, 숫자도 6까지 셀 줄 알았다고 한다. 색도 무려 7가지나 구별할 수 있고 말이다. 주인이 테스트를 하려고 하면 "I'm gonna go away(나 갈 거야~)."라고 하거나 "Wanna banana(바나나 줘)."라고 말했다고 하니 내 인생의 롤 모델이자 우상이 아닐 수 없다.

나는 알렉스 형아에 비하면 아직 한~참 모자라지만, 열심히 말을 배우고 있고, 또 응용할 수 있다. 가령, 엄마, 아빠가 날 재우려고 "치즈, 잘 자~ 내일 보자!" 하면 "안녕!"이라고 화답한다.

덧붙여, 대충 감으로 엄마, 아빠의 말을 알아듣고 대처할 만큼 똑똑하다. 아빠는 착해 빠져서 날 혼내지도 않고 만만하니까 괜찮은데, 엄마는 가끔 내가 고의로 물거나 물건을 망가뜨리는 등 잘못을 할 때면 혼을 내곤 한다. 그러면 이때 나는 "까꿍", "뿌꾸빠", "치즈 똑똑해~"등 예상을 벗어난 말을 구사함으로써 엄마를 당황케 만든다. 황당한 표정을 짓던 엄마는 이내 피식하고는 "어휴, 그래, 내가 널 혼내 무엇하겠니~ 앞으론 그러면 안 돼, 치즈야. 알았지?"하고 끝을 내곤 한다. 존 바그 아저씨 말처럼, 언어에는 감정 변화에 큰 영향을 미칠 만큼 강력한 힘이 있다는 게 사실인가 보다.

역시 새는 못 먹어도 배워야 해, 암~. 짹짹!

이래 봬도 '퀘'부심 있다고, 짹짹!

CHEESE♡

15화

사랑하는 엄마, 아빠와 가족사진을 찍다

치즈가 없는 스파게티를

상상할 수 있을까?

이제 너 없는 우리의 삶은

상상할 수 없게 되어 버렸어

누군가 그랬다. 한 장의 사진은 수만 단어의 말보다 더 많은 추억을 이야기해 줄 수 있다고 말이다. 어울리지 않을 수 있지만 나는 사진을 참 좋아한다. 사진 찍는 행위도 좋지만, 엄마, 아빠가 종종 내 사진을 보면서 '치즈 귀여워 죽겠다'라고 말하는 걸 보는 것 자체가 내게 행복이기 때문이다.

오늘은 엄마, 아빠와 또 하나의 추억을 남기는 날이다.

바로 가족사진을 찍으러 가는 날이기 때문이다. 가족사진은 사람들만 찍는 게 아니다. 우리 앵이들도 찍는다. 왜냐고? 나도 엄연히 엄마, 아빠의 자식이니까.

엄마, 아빠는 평소에도 사진 찍는 것을 좋아하고, 나 역시도 사진 찍는 것을 꽤 즐긴다. 정말이지 우리 셋은 사진을 많이 찍는다.

바로 이렇게 말이다. 카메라를 들이대면 몸이 바로 반응한다. 모르긴 몰라도 엄마, 아빠와 찍은 셀카가 5,000장은 족히 되지 않을까.

오늘은 엄마, 아빠가 마음을 크게 먹었다. 나를 데리고 스튜디오에 가기로 한 것이다. 가족이랑 스튜디오 가서 사진 찍는 앵이 있으면 나와 보라 해.

“여보, 오늘은 특별히 신경 좀 쓰자. 옷도 평소보다 신경 쓰고, 머리도 좀 잘하고 가자.”

엄마, 아빠는 분주하게 나갈 준비를 했다, 엄마는 능숙한 손놀림으로 매직기를 다뤘다. 둘 다 평소에 보지 못했던 옷들을 꺼내는 걸 보니 확실히 중요한 날이 맞나 보다. 오늘따라 둘 다 예쁘고 멋있어 보였다. 우리 엄마, 아빠 최.고!

괜히 나까지 설레네. 내 옷은 어디 없나? 아, 나 옷 입는 거 싫어하지….

“유후! 이제 제대로 사진 찍겠다. 짹짹!”

매일 집에만 있다 보니 가끔 바람 쐬러 나갈 때면 그 자체로 좋다. 엄마, 아빠와 함께할 수 있다면 목적지가 어디든 상관없다. 부릉부릉!

스튜디오는 집에서 멀지 않은 곳에 있었다. 넓은 공간 속에 다양한 소품과 옷가지들이 나를 반기고 있었다. 물론 내가 사용할 만한 것은 아무것도 없었지만 말이다.

“어서 오세요. 어머~ 새 정말 예쁘네요. 잘 오셨어요. 저희 스튜디오는 어떤 반려동물과도 촬영이 가능하답니다. 그런데 막 날아다니지 않

치즈, 하늘을 날다 (나 원래 새인데?)

나요?"

"아~ 이 아이는 걸어 다녀요."

"네?"

"농담이고요, 물론 새니까 날죠, 그런데 실제로 집에서는 아장아장 걸어 다닐 때가 많답니다. 그리고 카메라 의식도 잘하는 아이니까 너무 걱정하지 않으셔도 됩니다."

"다행이네요, 페럿, 고슴도치, 도마뱀은 봤어도 새는 정말 흔치 않은 동물이라 저도 신기하네요. 그리고 정말 예뻐요. 그나저나 어떻게 찍을 계획이세요?"

"네, 일단 첫 파트는 캐주얼한 복장으로 찍고, 두 번째 파트는 갖춰 입고 찍으려고 해요. 물론 복상은 가져왔고요. 잘 부탁드립니다."

엄마, 아빠의 표정만 봐도 들떠 있다는 것을 단번에 알아차릴 수 있었다. 나 역시 스튜디오에서의 가족사진 촬영은 처음이라 설레는 것은 마찬가지였다.

사진 찍는 것은 신기한 경험이었지만 시간이 지날수록 몸이 배배 꼬였다. 나도 참 대단했던 것은 엄마, 아빠, 그리고 사진작가 이모를 배려해서 딱 한 번을 제외하고는 날지 않았다는 것이다.

효자가 따로 없다. 귀엽고, 매력만 넘치는 줄 알았는데 인내심도 이렇게 강할 줄이야.

"엄마, 아빠 나 잘했지? 짹짹!"

사진을 찍는 순간에도 엄마, 아빠의 무한한 사랑을 느낄 수 있었다. 평소에도 그렇지만 사진을 찍을 때도 둘은 나만 쳐다봤다. 나는 그들의 레이저 눈빛을 온몸으로 느끼며 꼼짝하지 않았다. 덕분에 촬영은 금방 마무리되었고, 우리 셋 모두 좋은 추억을 남기는 데 성공했다.

내년에도, 내후년에도 사랑하는 엄마, 아빠와 가족사진을 찍어 추억으로 간직하고 싶다. 엄마, 아빠 사랑해. 오래오래 같이 행복하자♥

그만 봐. 치즈 닳겠다…. 엄마, 아빠 나도 많이 x2 사랑해!

세월여류(歲月如流:세월이 흐르는 물과 같다는 뜻으로, 세월이 매우 빨리 흘러감을 이르는 말)라 했던가.

이 글을 쓴 지 몇 년이 지난 지금. 나는 예나 지금이나 기분이 좋을 때면 '뽀뽀뽀'나 '뿌꾸빠'를, 그보다 신날 때는 엄마가 연주하는 첼로 선율을 어느 정도 흥얼거릴 줄 아는 어엿한 성조가 되었다. 주말엔 늘 늦잠자는 엄마, 아빠를 깨우고, 화난 엄마, 아빠를 애교로 녹일 줄 알며, 엄마, 아빠의 귀가 시간이 늦어질 때면 삐지는 것 역시 여전하다. 따분하고 예측 가능한 일상이 반복되는 것엔 변함이 없다. 몇 가지만 빼고는….

엄마, 아빠의 부단한 노력으로 하루아침에 슈퍼'앵'스타가 된 나는 예전보다 많은 스케줄을 소화하는 중이다.

1. SNS 상의 나의 많은 팬들에게 식단과 생활하는 모습 등 일상 사진

공유하기

2. 새로운 훈련하기

3. 새로운 노래 배우기

4. 팬들이 보내준 장난감과 알곡바 풀어보기

아침부터 저녁까지 나는 끊임없이 슈퍼'앵'스타로서 자기관리를 한다. 때론 몸을 가누기 힘들 정도로 지쳐 어두워지기 전부터 잠들곤 하지만, 그래도 좋은 점이 더 많다. 유명세를 치른 덕에 밥의 종류와 질이 업그레이드되었고, 장난감과 간식 역시 풍부해져서 세상 살맛 난다. 연예'조'이다 보니 보통은 다른 연예인들처럼 집에서 생활을 하지만, 어쩌다 산책이라도 하는 날이면 하늘을 찌르는 인기를 실감할 수 있다. 평소에도 팬들과 꾸준히 SNS로 소통하지만, 역시 나는 팬들과 직접 만나 소통하는 것을 더 선호하는 편이다.

우리 엄마, 아빠는 어떻게 지내냐고? 각자의 삶보다 치즈 엄마, 아빠로 더 유명세를 치른 부모님은 예전보다 내 건강과 바이오리듬을 신경 쓰느라 바쁘다. 딩크족이라던데 이러다 정말 동생은 보기 힘들 것 같다.

우리 가족, 늘 오늘과 같이 도란도란, 때로는 시끌벅적하게 행복하게 살았으면 하는 바람이 있다. 물론 인생의 모든 순간이 행복하기만 할 수는 없겠지만 "행복을 좇지 마라. 우리는 이미 행복하다. 다만 그 행복을 행복으로 느끼고 누리지 못할 따름이다."라는 장석주 시인의 말처럼 엄마, 아빠와 함께 하는 하루하루를 소중히 여기고 살아가고 싶은 것이 내 솔직한 마음이다.

엄마, 아빠! 어제도 오늘도 내일도 나는 당신들의 영원한 치즈입니다. 사랑합니다.

책에서 못다 한 이야기

1. 이 책이 출간되기까지
 : 작가들의 비하인드 스토리

2. 치즈 엄마, 아빠가 치즈에게

3. 책에서 못 담은 사진들

1. 이 책이 출간되기까지

: 작가들의 비하인드 스토리

안녕하세요. 치즈 엄마 김준영입니다.

부끄럽지만 이 책은 저의 첫 데뷔작입니다. 글을 쓰는 것과는 전혀 상관없는 일을 해 왔지만, 전업 작가를 꿈꾸는 과거의 남자친구이자 현재의 남편을 수년간 옆에서 지켜보면서 언젠가는 같이 책을 출간하는 것을 꿈꿨습니다. 치즈를 주인공으로 한 반려동물 에세이를 쓰게 되었지만 꿈꿔왔던 일이 이렇게 빨리 다가오게 될 줄은 꿈에도 몰랐기에 사실 지금도 실감이 안 납니다.

저희는 결혼한 지 약 세 달여 만에 치즈를 데리고 왔습니다. 다행히도 저희 부부 모두 예전부터 반려동물을 키우고 싶다는 생각을 했고, 처음엔 단순히 강아지나 고양이보다는 손이 덜 가는 그런 동물을 데려오자는 데에 뜻이 맞아 여러 고빈 끝에 앵무새를 가족으로 맞이하게 되었습니다. (사실 1년 넘게 치즈를 키우고 있는 지금, 한 생명을 케어하는 데 결코 손이 덜 가는 동물은 없으며 치즈 역시 예외는 아니라는 데 생각이 다다랐습니다.)

저희 역시 처음엔 'TV 동물농장'이나 '순간포착 세상에 이런 일이'와 같은 TV 프로그램에서나 보던 앵무새를 가정에서도 키울 수 있다는 사실, 그리고 앵무새와 이렇게나 많은 교감을 할 수 있다는 사실을 전혀 알지 못했습니다. 그리고 이젠 치즈를 너무나도 당연하게 우리 가족의 구성원으로 인지하고 있는 지금, 주변 분들이 저희를 볼 때 의아함과 놀람을 가진다는 사실을 깨닫게 되었습니다. 마치 치즈를 데리고 오기 전의 저희 부부의 모습을 보는 것과 같았죠. 그러다 문득 그런 생각이 들었습니

치열한 작업 현장을 포착하다

다. 현재 한국 외에 많은 국가에서 앵무새를 반려동물로 키우고 있고, 우리나라도 언젠간 가정에서 앵무새를 키우는 것이 보편화되는 날이 온다면 좋겠다는 생각 말입니다.

앵무새를 양수하거나 양도하기 위해서는 CITES(멸종 위기에 처한 야생 동·식물 종의 국제거래에 관한 협약)라는 서류를 발급받아야 합니다. 하지만 멸종 위기종 앵무새가 페트병 안에 갇힌 채로 밀반입되거나 알이 식빵 사이에 끼워져 불법거래되는 사례들을 종종 기사로 보게 됩니다. 물론, 이는 앵무새뿐만 아니라 다른 야생동물에도 해당되는 사례이긴 합니다만, 비상식적이고 비인간적인 행태를 보고 경악을 금할 수 없었습니다.

강아지나 고양이, 혹은 그 어떤 동물이든 모두 소중한 생명이고 그들 역시 동물권을 가져야 한다는 인식과 노력이 꾸준히 있었고, 또 확산 추세에 있습니다. 저희 부부는 치즈를 키우며, 많은 사람들이 앵무새의 무

데뷔작 출간을 위해 고군분투하고 있는 치즈 엄마

한한 매력을 알았으면 하는 바람과 더 나아가서는 법적으로 앵무새가 반려동물로 인정받고, 앵무새를 포함한 야생동물의 비인간적인 밀무역을 반대하는 인식이 커졌으면 하는 바람을 가지게 되었습니다. 그리고 그 첫 시작으로서 이 책을 쓰게 되었습니다. 이 책은 어쩌면 황무지 속 한그루 나무에 불과할지도 모릅니다. 하지만 저희의 작은 용기가 많은 분들의 앵무새에 대한 관심을 불러일으키고, 나아가서는 앵무새의 동물권을 지켜줄 수 있기를 바랍니다.

안녕하세요. 전업 작가를 꿈꾸지만 늘 현실과 부딪히는 아픔을 겪는 '작가 워너비' 권윤택입니다.

과거 에세이 출간을 했던 경험이 있고 애니멀투게더[1]에 치즈를 주인공으로 매주 기획연재를 하고 있지만 이처럼 단행본으로 동물 에세이를 출간하기까지 많은 어려움이 있었습니다.

일단 앵무새라는 동물 자체가 매우 특수한 부류에 속하다 보니 독자들의 관심을 받기도 전에 책이 잠수함처럼 가라앉아버릴까 봐 걱정이 되었거든요. 더욱이 요즘 귀엽고 매력이 넘쳐흐르는 강아지나 고양이와 관련된 반려동물 에세이가 많이 출간되고 있었기에 제 걱정은 점점 커져만 갔습니다. 그러던 어느 날, 온갖 걱정을 하는 제게 한 지인은 이런 말을 했습니다.

"앵무새가 그 정도로 특이한 동물이면, 오히려 블루오션이 될 수도 있지 않나?"

맞습니다. 저도 이런 생각을 하지 않았을 리 없겠죠. 그런데 너무 깨끗한 블루오션이 될 수도 있다는 것이 저의 우려였습니다. 바다가 너무 깨끗한 나머지 책만 덩그러니 출간되고, 독자분들은 이런 책이 나온 줄도 모르는 상황이 오지는 않을까 하는 우려감이 머릿속을 지배했습니다.

저는 아내와 오랜 기간에 걸쳐 이런 고민을 했고, 일단 도전하는 쪽으로 가닥을 잡았습니다. 치즈라는 존재를 세상에 알리는 것을 넘어, 앵무

---

1 애니멀투게더는 동물을 사랑하는 사람들과 함께 만들어가는 동물 전문 인터넷신문사입니다. (애니멀투게더 소개글 발췌) 〈www.animaltogether.com〉

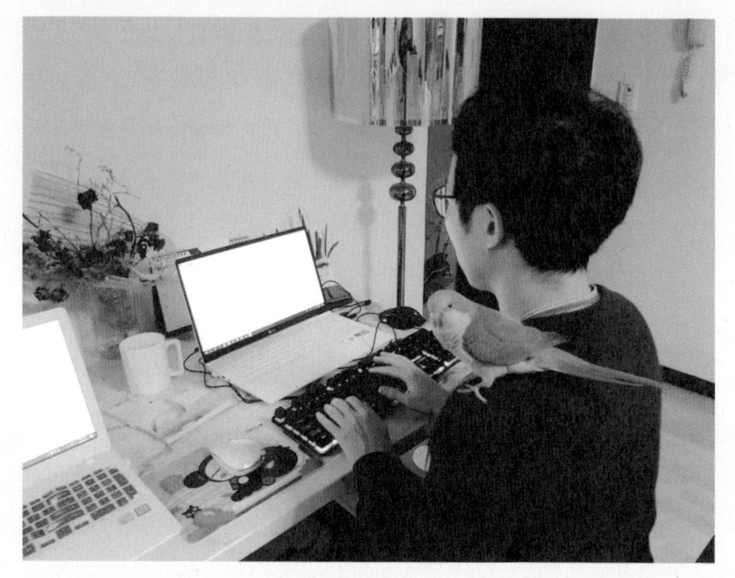

치즈야, 카메라 의식하는 거니?

새 자체의 매력을 조금이라도 많은 사람들이 알았으면 하는 바람이 저희 둘의 마음을 움직였습니다.

저희는 이 책에 치즈의 매력을 소개하면서 곳곳에 앵무새의 특징이나 키우는 노하우를 포함하기도 했습니다. 하지만, 이 책을 출간한 핵심 목적은 앵무새의 매력을 소개하기 위함이지, 앵무새를 키우는 매뉴얼을 담는 것이 아니었습니다.

이 책을 읽고 앵무새를 키워보고자 하는 마음이 생긴 독자분이 있다면 관련 서적들을 더 찾아보거나 직접 버드샵을 방문해보는 것을 추천합니다. 대중들의 관심을 반영하듯 앵무새 관련 서적이 시중에 많지는 않지만, 초보 집사에게 도움이 될 만한 책들은 온·오프라인 서점에서 얼마든지 찾을 수 있답니다. 참고로 저희는 『365일 앵무새 키우기』라는 얇은 책으로 많은 도움을 얻었습니다. 그리고 버드샵을 방문하면 양질의 정보를 얻는 것은 물론, 아름다운 빛깔을 자랑하는 크고 작은 앵무새를 마음껏 보고 체험할 수 있으니 자녀가 있는 분들은 꼭 함께 방문하는 것을 추천합니다.

저희 부부는 셀 수 없을 만큼의 치즈 사진을 보유하고 있지만, 애초에 책을 염두에 두고 찍은 것이 아니고 별도의 고성능 카메라로 찍은 것도 아닙니다. 그래서 다른 반려동물 에세이 서적과 비교했을 때 화소가 떨어지거나 사진 구도도 제각각인 경우가 있습니다. 이런 부분에 대해서는 독자분들의 너그러운 양해 부탁드리고, 치즈라는 앵무새 그 자체를 보고 무한한 매력을 느끼셨으면 하는 바람입니다.

마지막으로, 치즈 삽화를 담당해 준 진영 작가님께도 고마움을 표하고 싶습니다. 본업이 있어 바쁜 와중에도 선뜻 삽화 작업에 응해주신 것과, 멋진 결과물로 이 책의 완성도를 높여줬다는 부분에 있어서도 감사 인사를 전합니다.

안녕하세요. 앵무새 작가로 활동 중인 미술작가 진영입니다.

원래 제가 작품 속에서 앵무새 형상의 모티브로 그리는 새는 유황 앵무새(코카투)인데, 이 책에서처럼 퀘이커 앵무새 형상을 그리는 건 처음입니다. 나름 '앵무새 작가'로 작품 활동을 이어나가고 있지만, 막상 앵무새를 가까이할 기회가 없었습니다. '앵무새를 보러 동물원까지 가야 하나'와 같은 막연한 생각뿐이었는데, 우연한 기회에 치즈와 인연이 닿게 되었습니다. 어느 날, 앵무새를 주제로 에세이를 쓰고 있는 부부로부터 연락을 받았고, 삽화 작업 요청을 받은 것입니다. 첫 메일에 '국내 유일의 앵무새 그림 작가'라고 적어주셨던 게 아직도 기억에 남는데, 한편으

치즈와의 첫 상봉을
여전히 잊지 못한답니다

작업 ~ ing

로는 민망하더라고요. 뭐, 사실은 사실이니까요. 그리고 얼마 뒤 부부와 의 첫 만남에서 저는 이 책의 주인공 치즈와 처음 상봉하게 되었습니다.

이렇게 운명적으로 치즈를 만나게 되다니! 너무나 소중한 인연입니다. 집필 작업 과정에서 치즈 가족과 수차례 미팅을 가졌고, 원고를 읽어보며 앵무새의 새로운 모습을 알게 되었습니다. 앵무새는 제가 생각했던 것보다 훨~얼씬 더 매력적인 동물이라는 것을 말이죠. 이렇게 매력적인 앵무새를 알게 되면서 저도 언젠가 진짜 앵무새를 가족으로 맞이하는 꿈을 그려봅니다.

원고를 읽으면서 챕터별로 삽화 구상을 하는데, 치즈의 행동과 제 아

In the midday 02_24.2X34.8cm_acrylic on canvas_202

Happy island 16_34.8X21.2cm_acrylic on canvas_2018

작품 설명 : 공간 속에서 앵무새들은 여유로운 공간에서 쉬거나 유희를 즐깁니다. 혹은 무엇인가를 찾기도 합니다. 각자의 방식대로 행복이라는 보물을 찾고 있는 모습을 표현했습니다.

이들의 모습이 거의 일치하는 것을 보고 때로는 소스라치게 놀라기도 했고, 때로는 입가에 미소가 지어지기도 했습니다. 육아와 육조는 이렇게나 비슷한 걸까요?

치즈를 어린아이로 그리면서 제가 육아하면서 경험한 장면을 같이 그려보았습니다. 삽화에서 그려진 몇몇 육아템(?)은 실제로 저희 집에 있는 물건들이랍니다.

그렇다면 이번에는 제 작품을 살짝 소개해드려도 될까요?

삽화는 디지털 드로잉이지만, 원래는 캔버스나 한지를 쓰는 평면회화를 중심으로 작품 활동을 하고 있습니다. 제 작품을 보고 눈치채신 분들도 계시겠지만, 저는 앵무새 머리 형상을 통해서 현대인들의 '모방심리-따라 하기'의 다양한 모습을 표현하고 있습니다. 누구나 모방과 따라 하기의 구태에서 벗어나고 싶어 하지만, 현재의 안주에서 벗어나 불안을 안고 경계를 넘기가 어렵지 않나요? 자기만의 보물을 찾아 바쁘게 움직이는 앵무새들의 모습은 우리들의 모습과도 닮은 것 같습니다.

그림 속 앵무새 사람들이 한편으로는 귀엽고 재미있어 보이지만, 다른 한편으로는 마치 블랙코미디처럼 매일을 반복하는 우리들의 모습을 녹여내어 관객으로 하여금 현실을 살아가는 자신을 잠시 되돌아보는 기회를 제공하고자 했습니다.

어디에선가 작은 앵무새 사람들이 있는 제 작품을 만나게 된다면 한 번쯤 저라는 사람을 떠올리며 반가워해 주시길 바랄게요.

2, 치즈 엄마, 아빠가 치즈에게

치즈 아빠가...

치즈야,

예고도 없이 찾아온 깜짝 선물과 같은 사랑스러운 우리 치즈야.

결혼하기 전부터, 나중에 가정을 꾸리면 강아지나 고양이를 기필코 키워보겠다는 생각을 늘 했지만, 너 같은 앵무새는 생각조차 해본 적이 없었어.

친한 친구들과 모임 자리에서 네 이야기가 나온 적이 있었어.

나: 사람들이 앵무새를 키운다고 하면 어쩜 그렇게 신기한 눈으로 쳐다보더라. 앵무새가 그 정도로 생소해?

친구들: 응, 무진장 생소해.

나: 아니, 그래도 주변에 새 키운다는 사람들은 좀 있지 않나?

친구들: 아니, 없어.

나: 아니, 그래도 앵무새가 뱀, 고슴도치, 이구아나 이런 동물과 비교하면 덜 생소하지 않나?

친구들: 우리한텐 뱀이나 앵무새나 다 똑같은 소리로 들려.

나: …….

넌 이런 존재야. 하긴 돌이켜 생각해보면 나조차도 앵무새를 무척이나 생소한 동물로 여겼던 것 같아.

앵무새는 만화 혹은 동물원에서나 볼 수 있는 새지, 집에서 키울 수 있다는 사실조차 몰랐던 내가 이제 앵무새 아빠, 앵무새 집사, 치즈 아빠라는 꼬리표를 달게 됐다는 사실이 여전히 믿기지 않는다.

돌이켜보면 너를 가족으로 맞이하게 된 계기는 기막힌 우연과도 같아. 너는 알지 모르지만, 우리가 원래 생각했던 동물은 고슴도치나 슈가글라이더(하늘다람쥐과)였단다. 그러던 어느 날, 유튜브 알고리즘이 우리를 앵무새 채널로 안내했고, 우리는 앵무새의 귀여움에 홀딱 반해 버드샵에 한달음에 달려갔지. 그리고 너를 데려온 후, 아빠, 엄마의 삶은 180도 바뀌었단다.

일단, 평소에는 크게 관심도 없던 물티슈를 끼고 살게 되었고, 청소기도 무진장 자주 돌리게 되었지 뭐야. 너를 1년 반 정도 키우면서 사용한 물티슈의 양이 아빠가 태어나서 지금까지 사용한 물티슈의 양보다 훨씬 많을 정도니까 말 다 했지. 피곤할 때도 있지만 너의 재롱을 보면 어느덧 피로가 싹 녹는 아빠, 엄마의 모습을 발견하게 되었어. 어느덧 아빠, 엄마의 핸드폰은 너의 사진으로 가득 찼단다.

그리고 결정적인 한 가지는, 살면서 새랑 이렇게 뽀뽀를 많이 하게 되리라고는 꿈에서도 상상 못 했다는 거지. 하긴, 하늘을 나는 새를 만져볼 일도 없는데, 뽀뽀는 언감생심이었겠지. 그뿐이겠어? 강아지처럼 엄마, 아빠가 가는 곳마다 '날아오지 않고' 쫄래쫄래 걸어오는 모습은 볼 때마다 신기하고 귀엽다는 말밖에 안 나오더라. 너는 바로 그런 존재야. 어느 순간 우리 삶 깊숙하게 자리 잡은 치즈야.

나태주 시인의 「들길을 걸으며」라는 시를 보면 이런 구절이 나온단다. 도통 무슨 뜻인지 알 길이 없겠지만, 일단 들어봐.

세상에 와 그대를 만난 건
내게 얼마나 행운이었나
그대 생각 내게 머물므로
나의 세상은 빛나는 세상이 됩니다.
많고 많은 사람 중에 그대 한 사람
그대 생각 내게 머물므로
나의 세상은 따뜻한 세상이 됩니다.

(중략)

엄마, 아빠가 너와 처음 마주한 순간 귀여운 매력에 빠져서 너를 선택한 것은 사실이지만, 어쩌면 많고 많은 새 중에 네가 우리 곁을 찾아온 것이 아닐까 싶기도 해. 그리고 널 만나게 된 것은 엄마, 아빠에게 크나큰 행운이라는 말을 꼭 해주고 싶어. 우리를 선택해 줘서 고맙고, 앞으로도 꽃길만 걷자 치즈야. 사랑한다.

아빠가.

삶의 가장 큰 낙이자 행복이자 선물 같은 치즈에게~

가끔은 아니, 자주 시방'새'를 절로 외칠 만큼 엄마를 귀찮게 하고, 방해하고, 사랑과 관심을 요구하는 치즈야.

엄마, 아빠가 결혼할 때 직접 썼던 혼인서약서에는 아빠가 작성했던 구절이 있단다. 한번 들어볼래?

외출을 좋아하는 아내를 위해 주말 중 하루는 소파에서의 낮잠을 포기하겠습니다.

알지 모르겠지만 원래 엄마는 외출하는 걸 무진장 좋아하는 사람이었단다. 근데 우리 치즈를 만나게 되면서 거의 집순이가 되었어. 외출을 하더라도 네 걱정에 한시바삐 집에 돌아오기 마련이지. 아무리 네가 엄마를 괴롭히고 귀찮게 해도 돌아서면 보고 싶고, 안 보면 또 보고 싶은 게 아마 세상 엄마들의 마음이지 않을까 싶다.

치즈 너와 함께 한 지 이제 겨우 1년이 좀 지났는데 네가 없던 때의 삶은 잘 기억이 나지 않아. 원래 동물을 보는 것만 좋아하고, 감히 키울 생각을 하지 못했던 나에게 너란 존재는 또 다른 앵무새를 데려오는 걸 고민할 만큼 파급효과가 컸지. 아마도 사람만 좋아하는 우리 치즈로 인해 고생은 하겠지만, 사실 지금도 늘 너의 짝으로 누군가를 데려오고자 고민하고 있단다. 물론, 막상 데리고 오면 여자 친구랑만 놀고 엄마, 아빠는 등한시하겠지만 말이야.

지난 1년을 돌이켜 보면 너를 데리고 온 지 얼마 되지도 않아서 크게 사고를 쳤던 때가 생각이 나는구나. 나무 위로 날아가서 태연하게 털을 고르고 있는 너를 보며 저 멀리 날아가 버려 이젠 다시 영영 못 볼까 마음 졸였던 기억, 엄마, 아빠가 출근해 있는 동안 실에 다리가 엉켜 한쪽 다리가 팅팅 붓도록 공중에 매달려 애타게 우리를 기다리고 있던 너의 모습, 급하게 실을 끊어주자마자 그 부은 다리를 쩔뚝거리면서도 배가 고팠는지 밥을 먹으러 가던 너의 모습은 아직도 떠올릴 때마다 눈물이 차오른다. 그날 급하게 동물 병원으로 데리고 가면서 혹여나 잘못될까… 울고 또 울며 '제 수명을 줄여서 치즈에게 줄 수만 있다면 얼마든지 그래도 좋으니 제발 별일 없게 해주세요.'라고 기도했었는데….

아주 조금만 늦었더라면 평생을 한쪽 발 없이 살아갈 뻔했던 그날의 끔찍했던 기억을 떠올리면, 시방'새'여도 좋으니 부디 건강하게만 오래오래 함께해 주길…. 매일 밤 잠자리에 들며 오늘도 건강하게 밥 먹고 노래하고 놀아주었던 너에게 감사를 해.

반려동물을 키우게 될 거라는 생각을 차마 하지 못했고, 키우더라도 앵무새를 키우게 될 줄은 꿈에도 몰랐던 엄마에게 치즈 너는 그 자체만으로 사랑스러운 존재가 되었단다. 누군가는 고작 앵무새에게 저렇게 애정을 기울이나 할 수도 있겠지만, 치즈 너는 엄마, 아빠에게 정말 소중한 존재이자 그 무엇과도 바꿀 수 없는 가족이야. 아파트 분양을 받으며 왜 우리 치즈도 엄연한 자식인데 부양가족으로 넣을 수 없냐는 말을 우스갯소리로 하곤 하지만, 그만큼 너를 사랑하기 때문이란다. 이렇게나 바뀐 나 자신의 모습을 볼 때마다 신기하고, 또 이렇게 엄마를 바꾸어준 치즈 너란 존재에게 무한한 고마움을 느껴.

앞으로 넌 여전히 우리에게 시방'새'이겠지만, 매일매일 너와 함께 한 추억을 소중히 간직하고자 이 책을 썼단다. 언젠가 먼 미래에는 헤어지겠지만, 너는 영원히 엄마, 아빠의 파란 별일 거야. 사랑해, 치즈야.

엄마가.

3. 책에서 못 담은 사진들(혹은 이야기들)

Q. 숨은그림찾기! 치즈를 찾아보세요. 나 어디 있게요?

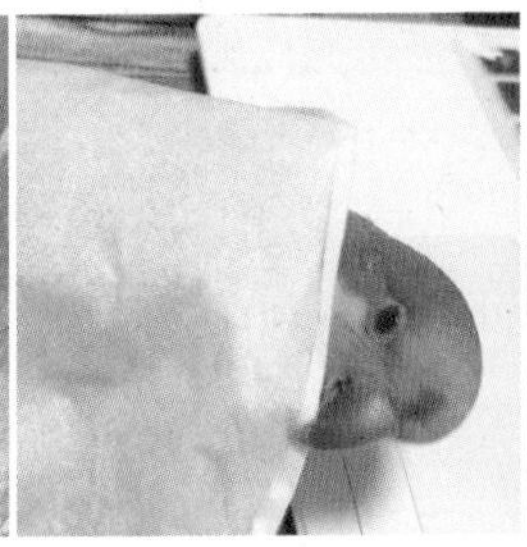
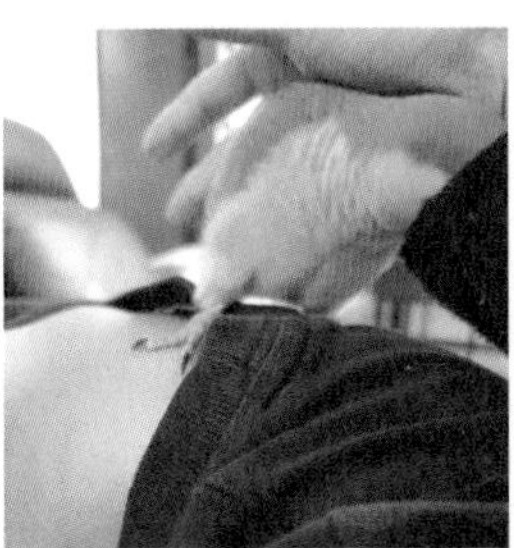

치즈 없~다아!

'앵'집사들이라면 모두 공감하겠지만, 앵이들은 정말 '앵아치(앵무새+양아치)' 끼가 있답니다. 오죽하면 치즈 별명이 시방'새'이겠어요? 치즈 역시 평소엔 정말 귀엽고 사랑스럽지만, 매일 엄마, 아빠를 괴롭히고 여기저기 활개치며 사고를 치고 다니는 사고뭉치랍니다.

너무나도 엄마, 아빠 껌딱지라서 엄마, 아빠의 모처럼의 휴식 시간을 방해하는 건 기본이고, 불만이 있으면 집이 떠나갈 듯 꽥꽥거리며 소리를 지르지요. 특히나 요즘은 본인에게 관심을 가져 주지 않거나 마사지를 해 주지 않으면 엄청 화를 낸다니까요?

분명 앞에 먹던 음식이 있음에도 불구하고, 엄마, 아빠가 먹는 거라면 뭐든 뺏어서 맛이라도 봐야 직성이 풀리고요. 덕분에 매일 음식을 가지

지금 내 얘기하는 고야?

고 뺏으려는 자와 뺏기지 않으려는 자의 싸움이 치열합니다.

또 한 가지, 응가를 못 가려요. 앵무새 특성상 장이 짧고, 방광도 없기 때문에 (그래서 앵이들은 방귀를 뀌지 않아요. 천사인가 봐요!) 대, 소변을 저장할 수 없어요. 그래서 먹으면 바로바로 응가로 나오는데, 이때 대변과 소변이 함께 배출됩니다. 변의 흰색 부분이 소변의 요산이랍니다. 문제는, 짧은 장 덕분에 그게 엄마, 아빠의 얼굴이건 옷이건 바닥이건 노트북이건 할 것 없이 뿌직뿌직 바로 싸버린답니다. 그래서 휴지와 물티슈를 늘 지니고 다닐 수밖에 없어요. 빨랫감도 많이 나오고요.

엄마가 사 온 볶은 율무 훔쳐 먹기

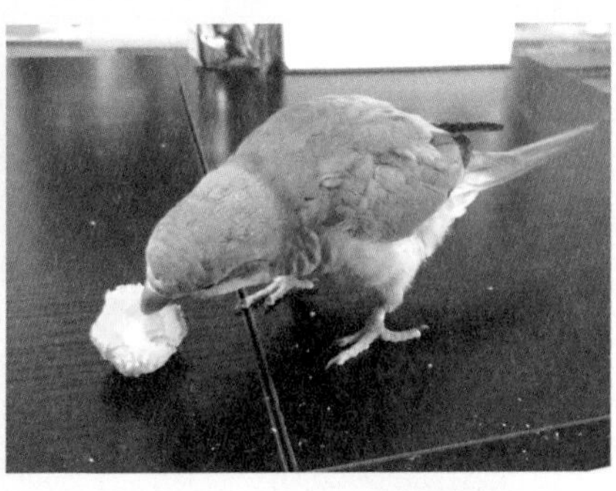

엄마, 아빠 먹는 고구마 뺏어 먹기

끙차… 오늘도 열심히 응가 중

초보 집사이던 엄마, 아빠가 처음엔 치즈 장난감을 이것저것 사줬는데 이젠 무용지물이 되어버렸어요. 그 어떤 비싼 장난감을 사 줘도 치즈에게는 결국 엄마, 아빠가 최고의 장난감이거든요! 엄마 핸드폰 물어뜯기, 머리카락 씹기, 얼굴 쑤시기, 아빠 옷 구멍 내기, 아빠 안경 물어뜯기, 그 외 소파며 책이며 노트북 키패드며 다 물어뜯는답니다. 치즈 덕분에 온 집안의 가구와 물건들이 남아나는 게 없어요.

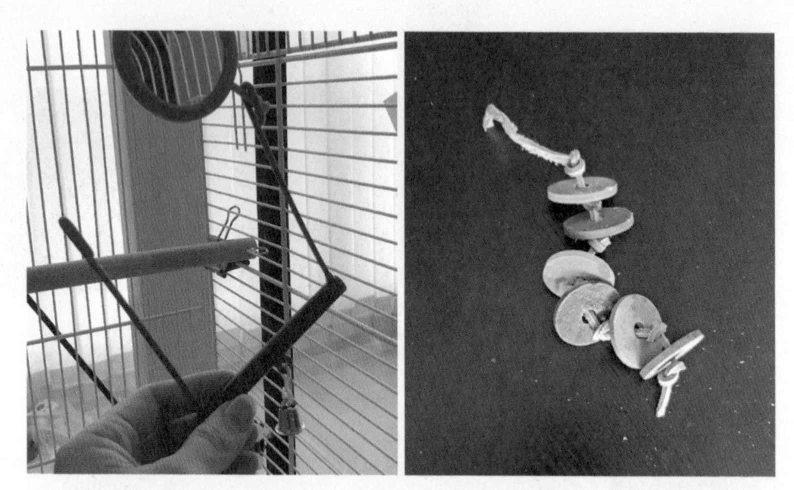

파괴왕 치즈, 입에 들어가면 남아나는 게 없죠!

어때요, 예술가로서 재능이 있어 보이나요?

그럼에도 불구하고! 치명적인 매력을 발산해 온갖 혼날 위기를 넘어가곤 하죠. 히히.

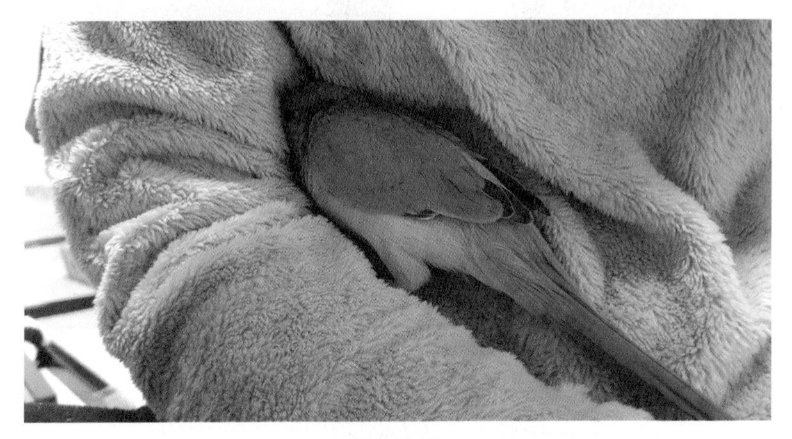

치즈 없~다!

내 매력은! 찍기만 하면 화보!

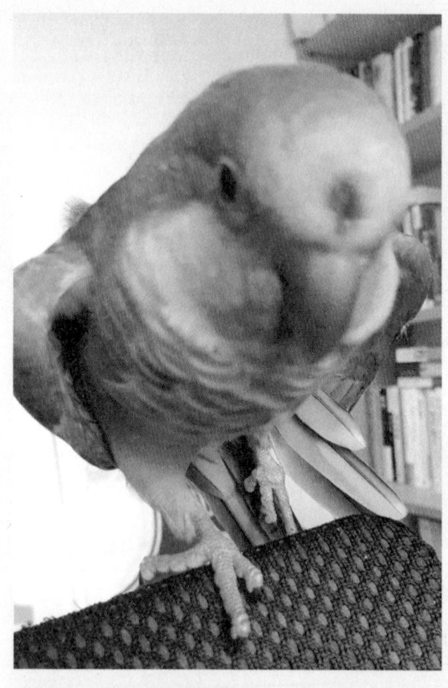

하루가 달라지는 기지개 켜기,
여러분도 따라 해 보세요!

이쁜 척 하기 대마왕!

어때요? 이제 새라는 존재가 덜 무섭게 느껴지나요? 앵무새가 정말 애교 많고, 교감이 잘되는 동물이라는 거~ 확실히 아셨죠?

꺄~ 도망가자!

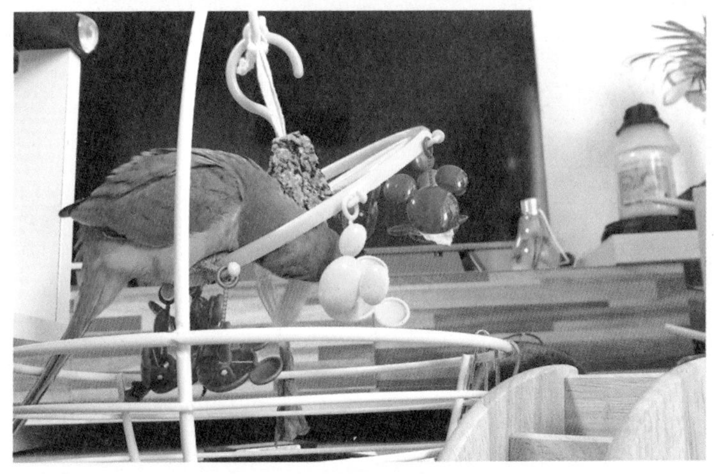

치즈랜드 개장!

지켜볼 거임

그동안 치즈의 이야기를 끝까지 들어주신 독자 여러분께 무한한 감사를 드립니다. 앞으로도 치즈, 많이 많이 사랑해 주세요. 지켜볼 거예요.

똑똑! 윗집에 누구 있어요?

그럼, 진짜 안녕~!

끝인 줄 알았죠? 출간 직전에 밝혀진 대박 사건을 끝으로 책을 마무리하려고 합니다.

『앵아치(저는 앵무새 아들 치즈입니다)』

이 책의 원래 제목입니다. 이게 무슨 말이냐고요? 책이 출간되기 직전까지 저희는 치즈를 수컷이라고 굳게 믿고 있었습니다. 다행히 출간 직전 치즈의 성별을 확인하게 되었고, 치즈가 대대손손 수컷으로 남을 뻔한 '사고'를 미연에 방지할 수 있었습니다.

저희 부부는 4월 말 즈음 원고 작업을 마무리했고, 출판사에 최종 원고와 사진들을 넘겼습니다. 책을 출간한 경험이 있는 분들은 잘 아시겠지만, 최종 원고를 넘긴 후에도 여전히 수정 작업은 남아 있는 경우가 많습니다. 그래서 일단 출판사에 원고를 보낸 후, 저희에게 전달될 추가 수정 사항을 기다리던 중이었습니다.

그리고 어린이날 기념으로 치즈에게 여자친구를 만들어주기 전 치즈의 성별을 확실히 하기 위해 성별 검사를 하게 되었습니다.

웃으실 수도 있겠지만, 1년 반 전 치즈를 처음 가족으로 맞이한 이후부터 저희는 당연히 치즈가 아들이라고 생각했고, 따로 성별 검사를 하지 않았습니다. 치즈의 발정 행위가 수컷의 행위와 정확히 일치했기 때문이거든요. 덧붙여, 치즈의 언어 구사력이 워낙 뛰어났기에 성별을 의심할 이유도 크게 없었습니다. (참고로 중소형 앵무새까지는 수컷의 언어 능력이 월등하게 뛰어남)

하지만, 짝을 지어주기 위해서는 성별 검사가 필수였고, 막상 해봤더니 '암컷'으로 판정이 되었습니다. 그야말로 '멘~붕'이었습니다. 저희 부부는 치즈를 1년 반 이상 아들내미라고 생각하고 키웠고, 주변 사람들도 죄다 수컷으로 생각하고 치즈를 대했기에 충격은 더 클 수밖에 없었습니다.

어쩐지…. 간혹 치즈를 보고 "수컷치고는 상당히 예쁘네요."라고 이야기하는 분들이 계셨는데 지금 생각해보니 그분들의 눈이 정확했던 것이었습니다. 영문도 모른 채 남자아이 취급을 받은 우리 치즈…. 그동안 치즈에게 시방새라고 부른 게 미안해질 정도였습니다. 나중에 알게 된 사실인데, 짐작만으로 굳게 믿었던 반려조의 성별이 검사 결과 반대로 나오는 경우가 종종 있다고 합니다.

그런데 더 큰 문제는 바로 이 책의 제목과 원고 내용에 있었습니다. 아들내미의 관점에서 집필한 책이었으니, 수정할 곳도 많을 수밖에 없었죠. 곧바로 출판사에 양해를 구하고 최종 원고를 수정한 후 다시 넘겨야만 했습니다. 책의 가장 큰 특징은 영원히 기록으로 남는다는 것이죠. 조금이라도 늦었다면, 치즈는 대대손손 독자들에게 수컷으로 각인됐을지도 모릅니다. 아니, 혹여나 치즈를 끝까지 아들이라고 믿고 성별 검사를 실시하지 않았다면, 집사들조차 끝까지 치즈의 성별을 모르고 지냈을 수도 있겠네요. (물론, 내용의 흐름을 해치지 않도록 수컷 관점에서 쓰인 부분도 일부 남겨뒀습니다.)

출간 작업에 들어가기 직전에 치즈의 성별을 확인할 수 있어서 다행이었다고 생각합니다.

이상, 이 책의 탄생 비화였습니다.

안녕하새오,
앵무새
치즈애오

초판1쇄 2020년 7월 25일
지 은 이 권윤택, 김준영
일러스트 진영
펴 낸 곳 하모니북

출판등록 2018년 5월 2일 제 2018-0000-68호
이 메 일 harmony.book1@gmail.com
전화번호 02-2671-5663
팩 스 02-2671-5662

979-11-89930-41-7 03810

값 17,600원

이 도서의 국립중앙도서관 출판예정도서목록(CIP)은 서지정보유통지원시스템 홈페이지(http://seoji.nl.go.kr)와 국가자료공동목록시스템(http://www.nl.go.kr/kolisnet)에서 이용하실 수 있습니다.
CIP제어번호 : CIP2020024638